UNE ÉNIGME

SHERLOCK HOLMES

INTERACTIVE

LES CRIMES DU Dr WATSON

PROPOSÉ ET PRÉSENTÉ PAR DUANE SWIERCZYNSKI

DOCTEUR JOHN H. WATSON

Traduit de l'anglais (États-Unis) par Stan Barets

TORNADE

Pour Parker et Sarah, qui ne cessent de poser des questions.

Première publication en anglais par Quirk Books, Inc.,
Philadelphie, Pennsylvanie, États-Unis.

Ce livre a été négocié par l'agence littéraire Sea of Stories,
www.seaofstories.com

Maquette : Doogie Horner
Illustrations : Clint Hansen
Suivi éditorial : Chris Veneziale

ISBN 13 : 978-2-35486-049-3
Dépôt légal : octobre 2008
Imprimé en Chine

*D'une manière ou d'une autre, il avait été informé
de mon triste deuil et il me témoigna sa sympathie,
plus par ses gestes que par ses paroles.*

Dr. Watson, L'Aventure de la maison vide.

UNE FORT ÉTRANGE DÉCOUVERTE

INTRODUCTION *par* DUANE SWIERCZYNSKI

Au *Philadelphia City Paper*, où je travaille comme rédacteur en chef, je reçois quantité de courriers, que ce soit par mails ou par la Poste. La plupart provient d'attachées de presse qui aimeraient que je publie un article pour vanter les qualités de leur restaurant, boutique ou boîte de nuit. Mais j'ai pris l'habitude d'éviter leurs assauts.

Je n'étais nullement préparé, en revanche, à l'étrange missive que je reçus il y a un peu moins d'un an. Il s'agissait d'une mince enveloppe matelassée qui me fut délivrée par coursier. Elle était au nom d'un cabinet d'avocat situé sur Market Street. La partie huppée de Market Street.

– Ah non ! m'exclamai-je. On nous intente encore un procès !

Face à cette menace qui risquait de me plomber la journée, et déjà inquiet à l'idée d'aller apporter la mauvaise nouvelle à mon directeur, je déchirai d'un coup sec l'enveloppe pour en extraire le contenu.

Au-dessus d'une pile de documents, il y avait une lettre sur papier bistre à l'en-tête d'un avocat :

Cher monsieur,
Vous aimez les mystères.
Peut-être arriverez-vous à résoudre celui-ci.
Cordialement,
Louis Bower

Dès que mes pulsations cardiaques furent retombées à un rythme normal, je jetai un coup d'œil aux autres feuillets qui accompagnaient ce mot. C'était la photocopie d'une longue lettre adressée à un certain « colonel Resmo ». Je lus rapidement le premier paragraphe.

Et je demeurai les yeux écarquillés.

Quel tour essayait donc de me jouer ce dénommé Bower ?

Je fis quelques recherches sur Google. Puis sur Wikipedia. Enfin sur d'autres sites d'informations légales, qui ne firent que confirmer mes soupçons.

Cette lettre était un faux.

Il ne pouvait pas en être autrement.

Finalement, après le déjeuner, je téléphonai au numéro indiqué sur l'en-tête de l'avocat. Son assistante me le passa immédiatement :

– Vous avez donc reçu mon envoi ? Incroyable, non ?

– Si vous avez acheté ça dans une vente aux enchères, ricanai-je, j'espère que vous n'avez pas misé trop gros !

– Pourquoi dites-vous cela ?

– Vous ne croyez quand même pas que cette lettre a réellement été rédigée par le docteur Watson ? Le compagnon de Sherlock Holmes ? Avec tout le respect que je vous dois, maître Bower...

– Laissez-moi vous expliquer avant de tirer des conclusions hâtives.

L'avocat avait raison.

Nous décidâmes qu'il me raconterait tout à l'occasion d'un déjeuner au Davio's, sur la Septième Avenue, non loin de son cabinet.

(Leçon de journalisme numéro 47 : Si un avocat souhaite vous parler, organisez un repas d'affaires dans un restaurant au-dessus de vos moyens.)

Maître Louis Bower est un homme très grand et très maigre. En fait, il est si décharné qu'un sculpteur, armé de son burin, serait bien en peine d'y trouver le moindre morceau à enlever. En dépit d'un abord assez amical, il ne se départit jamais d'une certaine suffisance. Sans doute était-ce une posture d'avocat.

– S'il y avait la moindre justice en ce monde, déclara-t-il avec un large sourire, on aurait donné le nom du colonel Resmo à l'une des rues de notre ville.

– Le colonel qui ? demandai-je en scrutant le menu. J'hésitais. Allais-je me contenter d'un simple cocktail de crevettes ?

– Le colonel Harold Kelsh Resmo, un gentleman, scientifique amateur et vétéran de la guerre de Sécession, qui fut une petite célébrité en son temps. Et particulièrement ici, à Philadelphie.

– Je n'en ai jamais entendu parler.

– L'histoire locale vous intéresse peu, n'est-ce pas ?

Si maître Bower avait décidé de me dénigrer, j'étais prêt à envisager très sérieusement la possibilité d'un cocktail de crevettes *suivi* d'une langouste grillée.

Sur la belle nappe blanche, l'avocat déposa alors une sacoche poussiéreuse, en cuir, à moitié moisie et aussi gonflée qu'un roman de Stephen King. Une cordelette qui semblait prête à lâcher au moindre souffle la maintenait fermée.

– Ceci a été découvert dans l'ancienne résidence de Resmo, sur la Troisième Rue, ajouta-t-il. Non loin de la rédaction de votre journal.

Je défis le lien avec soin et ouvris la serviette de cuir, qui grinça comme un vieillard cacochyme tentant de s'extraire de son fauteuil. À l'intérieur, je découvris un mélange varié de lettres, cartes postales, plans et autres papelards jaunis. En vieillissant, tout devient jaune. Même les gens.

Bower me montra alors l'original de la lettre prétendument écrite par John H. Watson, ce médecin anglais qui connut la célébrité pour avoir rédigé les exploits de son ami Sherlock Holmes, le détective de Baker Street. Elle était devenue jaunâtre, elle aussi.

– Je l'ai fait expertiser à deux reprises, me précisa-t-il. L'écriture, le papier, tout concorde. Le musée Rosenbach de Delaney Place possède une impressionnante collection d'ouvrages ayant autrefois appartenu à la bibliothèque de sir Arthur Conan Doyle qui, comme vous le savez, était l'agent littéraire du docteur Watson. Selon eux, il s'agit bien d'un document authentique.

– Incroyable...

En vérité, je pensais seulement : « Oui, je vais peut-être commencer à gober cette histoire. » Car cela fait toujours un sacré effet de tenir un témoignage historique entre ses mains. Intellectuellement, on peut choisir de ne pas y croire. Mais, physiquement, on éprouve une sorte de sensation au niveau subatomique. Bower avait raison. Je ressentais cette authenticité.

Et pourtant, je restais convaincu du contraire.

– De plus, continua Bower, ce texte semble être une curiosité rare. C'est le récit d'une affaire oubliée et non résolue.

– Non résolue ?

– À en croire le contenu de cette lettre, quelqu'un a essayé d'inculper le bon docteur Watson de meurtre. Holmes étant absent au moment des faits, la seule personne capable de l'aider était donc ce héros de la guerre de Sécession, le dénommé colonel Resmo.

– Okay. Parlez-moi de ce Resmo. C'est la première fois que j'entends son nom.

L'avocat sembla s'illuminer :

– Je suis un immense fan de Resmo. Croyez-moi, à Philadelphie, on ferait bien d'oublier un peu Benjamin Franklin ! On devrait vendre à la place des souvenirs du colonel Resmo.

L'avocat m'expliqua alors qu'il était le gérant de la succession du colonel qui – première nouvelle pour moi – avait légué suffisamment d'argent à sa mort, en 1929, pour doter d'innombrables institutions caritatives de la région durant des décennies. Jusque dans les années 1970, plusieurs investissements avisés avaient permis d'entretenir ce fonds. Mais, en 1987, un brusque revirement de la Bourse l'avait presque tari. Il avait ensuite végété, jusqu'à l'année précédente. Le Comité de surveillance avait alors voté la liquidation du dernier des actifs ayant appartenu au colonel : sa résidence de la Troisième Rue, là où il habitait et travaillait dans les années 1890.

– Le colonel Resmo, poursuivit l'avocat, se considérait comme une sorte de Sherlock Holmes américain.

– Cette demeure de la Troisième Rue était donc son Baker Street ?

– Exactement. Mais, il y a juste un mois, nous l'avons morcelée.

– Comment cela ?

– Vendue par appartements. Les gens raffolent de ces vieilles bicoques.

Bower continua :

– En démolissant un mur, un ouvrier a trouvé cette sacoche. Heureusement, il a eu la bonne idée d'y jeter un œil avant de la balancer avec les gravats. C'est ainsi qu'elle est finalement arrivée sur mon bureau. Je n'en croyais pas mes yeux.

Je reportai mon attention sur cette lettre qui s'étalait sur des pages et des pages. Soudain, me souvenant d'informations glanées principalement sur Internet, un détail me frappa :

– Cette enveloppe est un faux. C'est évident !

– Vraiment ? répliqua Bower, l'air perplexe.

– Pourquoi vous mentirais-je ?

– Puis-je la regarder à nouveau ?

– C'est votre enveloppe.

Bower la reprit en main et la détailla longuement.

– Elle me paraît parfaite, fit-il. D'ailleurs, les experts du musée Rosenbach semblaient d'accord.

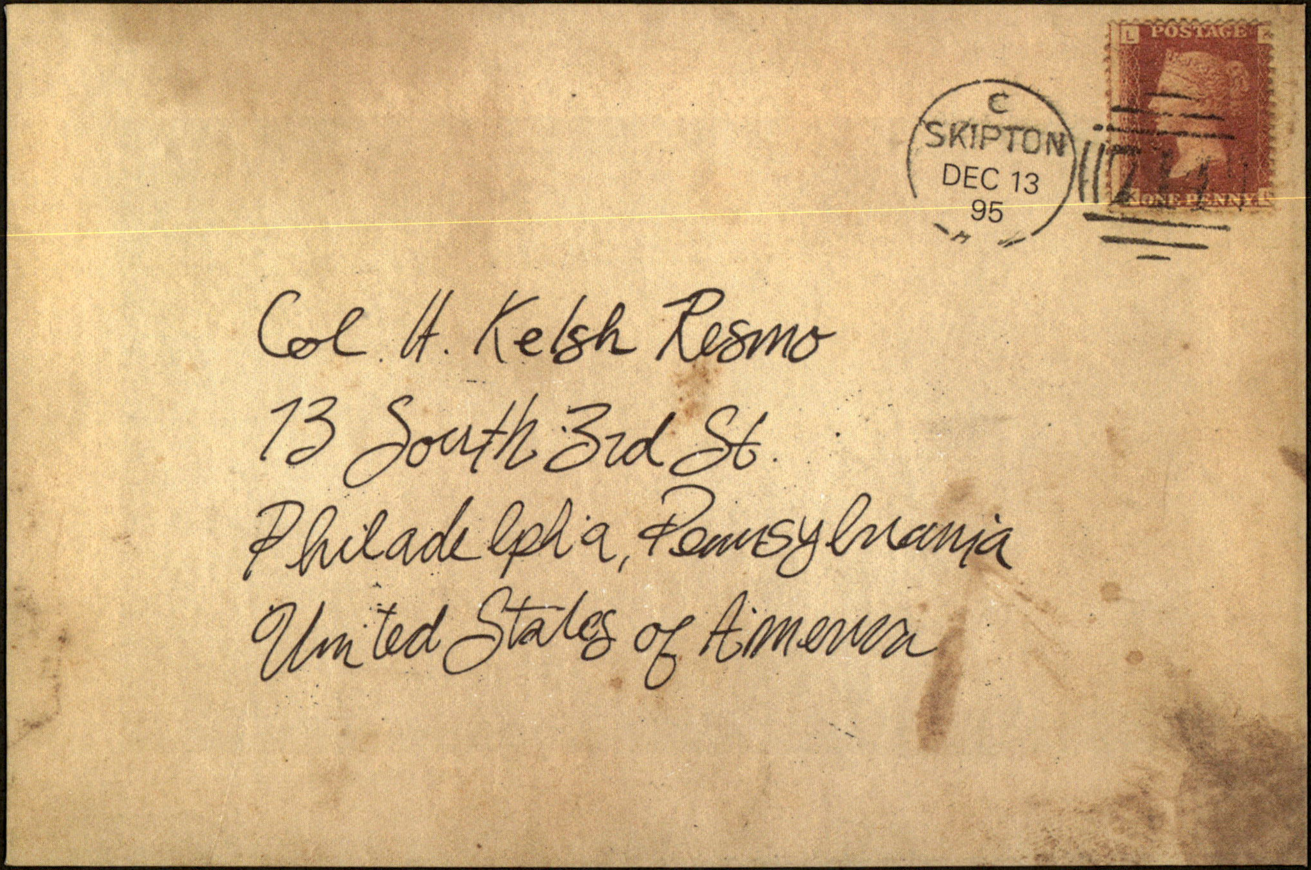
POSTAGE
ONE PENNY
C
SKIPTON
DEC 13
95
Col. H. Kelsh Resmo
13 South 3rd St.
Philadelphia, Pennsylvania
United States of America

– Je ne doute pas que l'écriture colle parfaitement. Mais vérifiez le tampon postal, dis-je avec une certaine satisfaction.

– Oui. Et alors ?

– Il porte la date du 13 décembre 1895.

– Exact.

– N'importe quel fan de Sherlock Holmes vous dira que cette date sonne faux.

– Et pourquoi, je vous prie ?

– Vous m'avez raconté que, selon cette lettre, Watson se trouvait en prison et que Holmes était présumé mort. Cela ne peut que se référer à la période du « Grand Hiatus », lorsque le détective a simulé sa mort dans les chutes de Reichenbach pour échapper à ses assassins, les sbires à la solde du professeur James Moriarty, son plus grand ennemi.

– Effectivement, répliqua l'avocat. Tout le monde sait cela. Sherlock Holmes est parti bourlinguer à travers le monde. Il aurait même vécu un certain temps au Tibet, si je me souviens bien.

– Alors vous savez que, selon le récit publié par Watson lui-même dans le *Strand Magazine*, Sherlock Holmes est rentré à Londres au printemps 1894 ? Le 5 avril, pour être très précis. Et qu'une nouvelle série d'aventures ont immédiatement suivi. Un cachet de 1895 n'a donc aucun sens. Affaire classée. Je crois que je me laisserais bien tenter par cette langouste grillée...

Bower eut un geste de dénégation :

– Je pense que vous oubliez une chose élémentaire, monsieur le journaliste.

– Et quoi donc ?

– Watson a toujours été un fieffé menteur ! Et, à en croire l'histoire relatée dans cette lettre, il avait d'excellentes raisons de dissimuler ces événements survenus en 1895. Même si cela l'obligeait ensuite à antidater certains exploits de Sherlock Holmes pour les situer en 1894.

– Mais...

– Je sais. En 1894, Watson s'attelait à l'affaire de la sangsue rouge et à la mort effroyable du banquier Crosby. Holmes, quant à lui, manquait perdre la raison en découvrant le contenu d'une vieille brouette anglaise. Et c'est cette même année, dit-on, que le dynamique duo, après une longue traque, a mis la main sur Huret, l'assassin des boulevards. Mais ne trouvez-vous pas étrange que ces récits ne nous soient jamais parvenus ? Ne pensez-vous pas que Watson aurait cherché à masquer la vérité ?

– On connaît pourtant d'autres aventures durant la même période. Et celles-ci ont été publiées à plusieurs reprises.

– Oui, mais vous oubliez que Watson n'a commencé à rédiger ses récits qu'au début du siècle suivant. Il a eu tout le loisir de modifier la chronologie. Surtout si cela servait son intérêt.

Le cocktail de crevettes venait de m'être servi. Pourtant je n'avais plus faim.

– Ce que vous racontez est proprement incroyable, déclarai-je. Dans certains cercles holmésiens, cela friserait l'hérésie.

– J'ai une proposition à vous faire, conclut Bower.

Évidemment, Bower voulait que je couvre cette histoire pour le *Philadelphia City Paper*.

Cela permettrait d'attirer l'attention sur le colonel Resmo et peut-être d'obtenir de nouveaux dons pour sa fondation caritative. Connaissant ma double qualité d'auteur de romans policiers et de rédacteur en chef, il avait pensé qu'il me serait difficile de refuser. C'était juste.

Moi je pensais déjà à mieux. J'imaginais un livre.

Surtout si le manuscrit de Watson était authentique.

Ce que je commençais à croire.

Après avoir soigneusement photocopié tout le contenu de la serviette du colonel, avec pas moins de trois avocats perchés sur mon épaule, je déposai le tout chez mon ami Jason Rekulak, le directeur littéraire de Quirk Books, dont les bureaux, par un curieux hasard, sont situés à deux pâtés de maisons de l'ancienne résidence du colonel Resmo.

Jason prit rapidement connaissance de tout ce matériel et m'envoya un mail. *C'est intéressant*, écrivait-il. *Il y a cependant un problème. C'est une énigme sans solution. Je crains que le lecteur n'apprécie guère de perdre son temps à assembler un puzzle qui ne débouche sur rien.*

Il avait raison. Accompagnée de ses annexes ou, devrais-je dire, de ses indices, la lettre de Watson constituait un récit particulièrement troublant. Toutefois, sa conclusion manquait.

Je refusai pourtant de m'arrêter à ce détail.

Réponse : *Est-ce que ce n'est pas cela justement qui en ferait tout le sel ? Pourquoi ne pas publier le dossier, tel qu'il est, et inviter le lecteur à fournir sa solution ?*

Réponse : *Hmmm...*

Réponse : *Allons ! Laisse-toi faire.*

Réponse : *Tu mettras tout en forme ?*

Réponse : *Oui, je mettrai tout en forme.*

(Remarquez au passage comment les éditeurs et leurs auteurs « parlent entre eux ». Je ne pense pas avoir entendu le son de la voix de Jason depuis au moins quatre ans.)

Jason me donna alors son accord, bientôt confirmé par le feu vert du cabinet Louis Bower.

Et voici comment vous tenez actuellement ce livre entre vos mains.

Cette édition des *Crimes du docteur Watson* constitue une fidèle reproduction de toutes les pages et de tous les indices contenus dans le manuscrit de Watson. Nous avons seulement décidé de transcrire typographiquement la lettre du docteur, son écriture s'apparentant plutôt au style « pattes de mouche ». Pour le reste, nous vous présentons ici les données telles qu'elles furent reçues par le colonel Resmo en 1895. Pas le moindre fragment, aussi insignifiant soit-il, n'a été omis. Nous avons même choisi de reproduire les enveloppes.

Le récit que vous allez lire risque de vous choquer. Particulièrement si vous êtes un admirateur de Sherlock Holmes, de ses exploits et de son génie pour élucider les énigmes. Et également si vous êtes de ceux qui aiment lire la conclusion d'un mystère.

Pourtant, il doit certainement y avoir une solution. Après tout, le docteur Watson n'a pas fini ses jours à moisir dans une geôle de Londres ! Après cela, il a connu avec Holmes de nouvelles aventures dont il nous a laissé le récit. Si Watson n'avait pas réussi à prouver son innocence, ni *Le Chien des Baskerville* ni *Les Aventures de la maison vide* n'auraient vu le jour. Pas plus que *La Vallée de la peur.*

Mais comment Watson a-t-il réussi à s'en tirer ?

Watson traversait alors l'une des plus mauvaises passes de sa vie. Son meilleur ami était présumé mort, disparu entre les mains de son plus grand ennemi. Son refuge du 221 B Baker Street était pratiquement à l'abandon. Et lui-même se languissait dans sa sinistre cellule, attendant d'être jugé pour un crime que ce héros des guerres victoriennes, ce membre du corps médical devait sûrement exécrer : la mutilation suivie du meurtre de sang-froid d'un être humain.

Alors, cher lecteur, saurez-vous aider Watson ?

Pourrez-vous résoudre cette énigme vieille de plus d'un siècle ?

Réussirez-vous à vous glisser dans la peau de Sherlock Holmes ?

la

LETTRE DU DOCTEUR WATSON

« JE VOUS ÉCRIS DE MA GEÔLE DE COLBATH FIELDS OÙ JE SUIS DÉTENU
SOUS L'INCULPATION D'INCENDIE VOLONTAIRE, DE MUTILATION ET DE MEURTRE. »

mon épouse, n'a pas failli à sa tâche, vous en trouverez une recension dans le paquet accompagnant ma lettre. Cette plaquette, intitulée *L'Ultime Problème,* a été publiée sous le nom d'Arthur Conan Doyle, mon agent littéraire. Je vous prie de bien vouloir l'étudier avec soin avant de poursuivre ma narration.

En l'absence de mon cher ami Holmes, je reconnais que je me sens perdu. Cet *Ultime Problème* met en effet un triste terme à nos aventures communes.

Tout au moins, c'est ce que je croyais encore récemment.

Mais, une fois de plus, je m'aperçois que je devance le fil de mon récit...

Vous vous souvenez sûrement du 221 B Baker Street, cher colonel Resmo ? Pour moi, je n'ai rien oublié des passionnantes conversations que nous eûmes en ces lieux. L'endroit était si propice aux jeux de l'intellect !

Au cours des semaines qui suivirent le décès de Holmes, je ne pouvais m'empêcher de déambuler dans ces salons en me remémorant nos diverses enquêtes. Et il me fallut longtemps avant de les coucher sur le papier pour les transmettre à Conan Doyle qui m'aida à les mettre en forme avant leur publication.

Entre-temps, le 221 B Baker Street prit progressivement l'aspect d'un musée.

Dans un angle du salon, j'avais disposé son alpenstock, sa canne de marche trouvée sur le site de Reichenbach. C'est elle qui m'avait révélé toute l'horreur du drame. L'extrémité ferrée portait encore la trace du sol noir de Suisse, de cette terre qui est devenue sa tombe.

Sur son bureau, j'avais placé l'étui à cigarettes en argent qu'il portait sur lui et sous lequel j'avais découvert son dernier message. Quelques lignes griffonnées à la hâte. Ici, en prison, je ne dispose plus de ce texte. Mais les mots en sont à jamais inscrits dans ma mémoire : *Mon cher Watson, je vous écris ces quelques lignes, grâce à l'obligeance du professeur Moriarty. Il m'attend pour l'ultime duel qui nous permettra de trancher entre nous...*

Moriarty, cet abominable Napoléon du Mal !

Peu après, les deux hommes s'étaient battus. Et ils étaient morts ensemble, précipités dans l'abîme, plusieurs centaines de mètres sous la corniche.

Holmes aurait sans doute trouvé quelque satisfaction à apprendre le démantèlement de l'empire criminel de Moriarty. Ne le considérait-il pas comme la pire menace pesant sur l'Angleterre, notre mère à tous, et sur les grandes nations civilisées du monde ? D'ailleurs, sa dernière missive me donnait aussi des instructions précises en ce sens : *Prévenez l'inspecteur Patterson que tous les documents nécessaires à l'inculpation de sa bande sont rassemblés dans une enveloppe bleue marquée au nom de « Moriarty », dans le casier M.*

Hélas, lors de mon retour à Londres, plusieurs semaines après, je découvris à Scotland Yard que ce casier M était vide !

Ceci explique pourquoi, les mois suivants, je hantai régulièrement Baker Street pour tenter de me glisser dans la peau de Holmes. Si j'étais lui, où aurais-je bien pu dissimuler ces preuves ? Parmi les nombreuses reliures disposées au-dessus de son bureau ? Sous les coussins de sa chaise de repos ? Sous les lames du parquet ? Dans une cache camouflée derrière les murs ? Dans sa malle-cabine ? Dans ses babouches persanes ? Ou dans son étui à violon ?

Tour à tour, je vérifiai toutes ces possibilités. Mais sans jamais rien découvrir.

À présent, j'ai enfin compris pourquoi Holmes n'avait pas déposé ces documents dans le casier M. En effet, si un des sbires de Moriarty avait mis la main sur son mot d'adieu en premier, toutes les preuves auraient été irrémédiablement perdues ! Holmes comptait donc sur mon sens de la déduction pour localiser cette enveloppe.

Malheureusement, à ce jour, je dois avouer avec tristesse que je n'ai pas encore relevé son défi. Souvent, la nuit, je fus tenté d'échanger mon verre de brandy pour un flacon de cette solution à sept pour cent qu'affectionnait Holmes, afin de me glisser dans son esprit, au moins l'espace d'un instant.

Où était donc cette preuve ?

Entre-temps, bien que privé de sa tête, le cartel du crime constitué par Moriarty continuait à pratiquer ses exactions en Angleterre, mais aussi en Europe et en Amérique. Mon cher colonel, je pourrais vous révéler plusieurs événements survenus jusque dans votre douce ville de Philadelphie qui réussiraient à vous hérisser les poils du dos !

À cette époque, je subissais en outre une pression considérable afin de rendre le bail des lieux. Je n'en avais pas véritablement usage et Mary, mon épouse, parlait de dépense inutile. J'en finis presque par douter moi-même. Pourquoi m'accrocher ainsi désespérément aux ombres

Mon cher colonel Resmo, peut-être serait-il temps que je m'explique. Non, je n'emploie pas le terme « paranoïa » à la légère. Tout remonte à l'époque de Moriarty, cet homme à présent décédé, qui a légué au monde un effrayant réseau criminel.

Dans les mois qui précédèrent les événements relatés dans *L'Ultime Problème*, Sherlock Holmes s'était comporté d'une manière étrange, comme je ne l'avais jamais constaté auparavant.

Dans ma publication, je raconte que nous ne nous étions plus vus depuis un certain temps. Ce n'est pas tout à fait exact. Mais j'avais été tellement troublé par nos rencontres fugaces, en mars 1891, que je m'étais juré de ne jamais en coucher le souvenir sur le papier.

Une première fois, à Trafalgar Square, j'avais épié Holmes. Il déambulait, décrivant un trajet compliqué autour de la colonne de Nelson, en dodelinant de la tête à intervalles irréguliers. Je m'apprêtais à faire un geste pour le héler, mais je laissai lentement retomber mon bras. Quel que soit le démon qui l'agitait, il valait mieux ne pas le déranger.

Interloqué, je continuai à observer ce spectacle, quand j'entendis une détonation assourdie, suivie d'une cascade de verre brisé et du claquement d'un revolver que l'on réarme. Immédiatement, je cherchai mon ami des yeux. Hélas, il avait déjà disparu.

J'avais revu Holmes une autre fois, non loin de mon cabinet de Kensington. Il était adossé à un mur. Nos regards se croisèrent. Cependant il détourna la tête de manière presque imperceptible, comme pour me signifier de rester à l'écart. J'obtempérai évidemment en faisant mine d'admirer des buissons taillés qui ornaient une pelouse. Mais, là encore, quand je me retournai pour glisser un regard rapide dans sa direction, mon ami n'était plus là !

Je me précipitai alors vers l'endroit où je l'avais aperçu. Il ne restait aucune trace de son passage... à l'exception d'une très troublante flaque sur la chaussée. En tant que médecin militaire ayant connu l'expérience du feu, je sais parfaitement reconnaître le sang humain. Était-ce celui de Holmes ? De quelle blessure souffrait-il donc ? Et pourquoi n'avait-il pas cherché mon aide ?

« HOLMES DÉAMBULAIT EN DÉCRIVANT UN TRAJET COMPLIQUÉ AUTOUR DE LA COLONNE DE NELSON. »

Enfin, en date du 24 avril 1891, Holmes avait fait irruption par surprise dans mon cabinet médical. Il était entré et s'était mis à fermer méthodiquement tous les volets de ma salle d'examen. Aujourd'hui encore, je ne m'explique pas un tel comportement, si ce n'est que cela m'empêchait presque de le voir. Pourtant ce que j'entraperçus ne manqua pas de m'inquiéter. Nul besoin d'une balance pour constater qu'il avait perdu beaucoup de poids. Et sa peau, normalement claire, était d'une pâleur cadavérique.

Holmes m'avait alors demandé la permission de sortir de chez moi en escaladant le mur situé à l'arrière de mon jardin. Puis il m'avait raconté une histoire proprement horrible. Dans la rue, il avait surpris deux gosses, deux voyous, en train de ricaner et de glousser, qui s'étaient brusquement tus à son approche. Holmes s'était alors hâté de faire le tour du pâté de maisons pour se glisser en silence entre deux bâtiments, afin de revenir près d'eux et de surprendre leur conversation. Il avait ainsi percé quelques bribes des rumeurs qui circulaient dans les bas-fonds de Londres. Un nom revenait à plusieurs reprises. Celui d'un homme que l'on devait faire passer de vie à trépas et dont la disparition vaudrait une grasse récompense à celui qui serait assez hardi pour l'exécuter.

Et ce nom n'était autre que celui de Sherlock Holmes.

Mon meilleur ami, semble-t-il, était le numéro un sur la liste des ennemis à abattre du gang de Moriarty.

À y repenser, je réalise que je ne prêtai pas autant d'attention à ses propos que j'aurais dû. Une organisation aussi puissante et aussi active n'hésite jamais. Elle ne perd pas son temps à contempler les obstacles. Elle se contente de les détruire. Et, aux yeux du professeur James Moriarty, mon cher ami Holmes constituait un obstacle de premier ordre, une montagne... Enfin, jusqu'à son plongeon fatal dans les chutes !

Aussi, lorsque le second courrier me parvint et que les premières lueurs de compréhension commencèrent à percer en moi, je dois reconnaître que je fus frappé d'effroi. Ces deux lettres avaient quelque chose d'inconcevable.

C'est alors, moins d'une semaine plus tard, qu'un troisième pli arriva d'Amérique. Cette fois, l'enveloppe portait le cachet de Chicago et contenait l'étrange petite brochure que je joins ici.

MEILLEURS PRODUITS GARANTIS
CHRISTOPHER J. VENEZIALE
PRÉSIDENT
V.B.
LES FRÈRES
VENEZIALE
CHICAGO (ILLINOIS)
MICHAEL F. VENEZIALE
DIRECTEUR TECHNIQUE
LES SPÉCIALISTES DU PLAISIR POUR COUPLES MARIÉS DEPUIS 1880
SATISFACTION GARANTIE
EXPÉDITIONS DANS
LE MONDE ENTIER

Et si Holmes était encore de ce monde ?

Je ne pouvais m'empêcher de me reposer sans cesse la question à haute voix. Certes, cette pensée était absurde. Ses empreintes sur la terre noire, près des chutes, m'avaient appris toute l'histoire. J'avais relevé deux séries de pas qui se dirigeaient droit vers la berge. Et aucune n'en revenait. Le précipice était la seule issue. Or les eaux tumultueuses qui grondaient loin en contrebas rendaient impossible la recherche des corps de Holmes ou Moriarty. À l'évidence, nul homme n'aurait pu survivre à un plongeon aussi périlleux.

Et pourtant, mon cher colonel, qui pouvait m'expédier de telles missives, si ce n'est Holmes ?

Cependant, si ce courrier provenait effectivement de lui, que diable cherchait-il à me dire ?

Pour comprendre un message provenant de sa part, me disais-je, je dois m'efforcer de penser comme lui. Qu'avais-je bien pu négliger ?

Holmes insistait souvent sur l'importance des sensations. Selon lui, il fallait prêter attention aux cinq sens. Parfois, il s'arrêtait pour me demander de humer l'air de Londres. « Que sentez-vous ? me demandait-il. Distinguez bien les divers éléments. Commentez chacune de ces senteurs. » Après avoir maladroitement esquissé quelques suggestions – fleurs, bacon ou sueur –, Holmes me guidait, pas à pas, dans d'étranges directions.

– Et sous cette odeur de sueur, insistait-il, que distinguez-vous ? Une sorte d'exhalaison nauséabonde, non ?

– Du crottin ? Est-ce cela que vous suggérez, Sherlock ?

– Intéressant de constater où votre esprit s'égare parfois, mon cher Watson ! concluait-il avec un sourire en coin.

Quoi qu'il en soit, la leçon portait ses fruits.

Pour rassembler tous les détails possibles, on ne doit pas se fier seulement à la vue. Tous les sens sont concernés : le toucher, l'odorat et l'ouïe. Holmes regrettait que les enquêteurs ne fassent trop souvent confiance qu'à une seule source d'information sensorielle. C'est un grave gâchis que de négliger nos autres sens.

On doit aussi s'efforcer de comprendre les liens et les relations qui échappent à la réflexion ordinaire. Et c'est là, précisément, que réside tout le génie de Sherlock Holmes.

Je disposai donc soigneusement mes trois courriers sur son bureau, pour les observer avec la plus grande attention et tenter de comprendre le fil qui les reliait.

« QUI AURAIT PU M'EXPÉDIER DE TELLES MISSIVES,
SI CE N'EST HOLMES ? »

Ils provenaient tous d'Amérique. Mais chaque fois d'un lieu différent :

Cleveland dans l'Ohio

Thousand Oaks en Californie

Chicago en Illinois

Je reconnais, colonel Resmo, que je ne suis pas aussi au courant des détails de votre carrière que je le devrais. Lorsque vous étiez au service de l'armée, auriez-vous été cantonné dans une de ces villes ? Peut-être avez-vous effectué votre scolarité à Cleveland ? Ou reçu votre formation militaire en Californie ou à Chicago ? Trouvez-vous le moindre lien entre ces trois destinations ? Un indice vous vient-il à l'esprit ?

Une quatrième lettre, qui me parvint peu après la précédente, portait également une estampille américaine.

Holmes cherchait-il à me faire parvenir une sorte de journal de voyage ? Un message susceptible de passer inaperçu aux yeux des espions à la solde de Moriarty ?

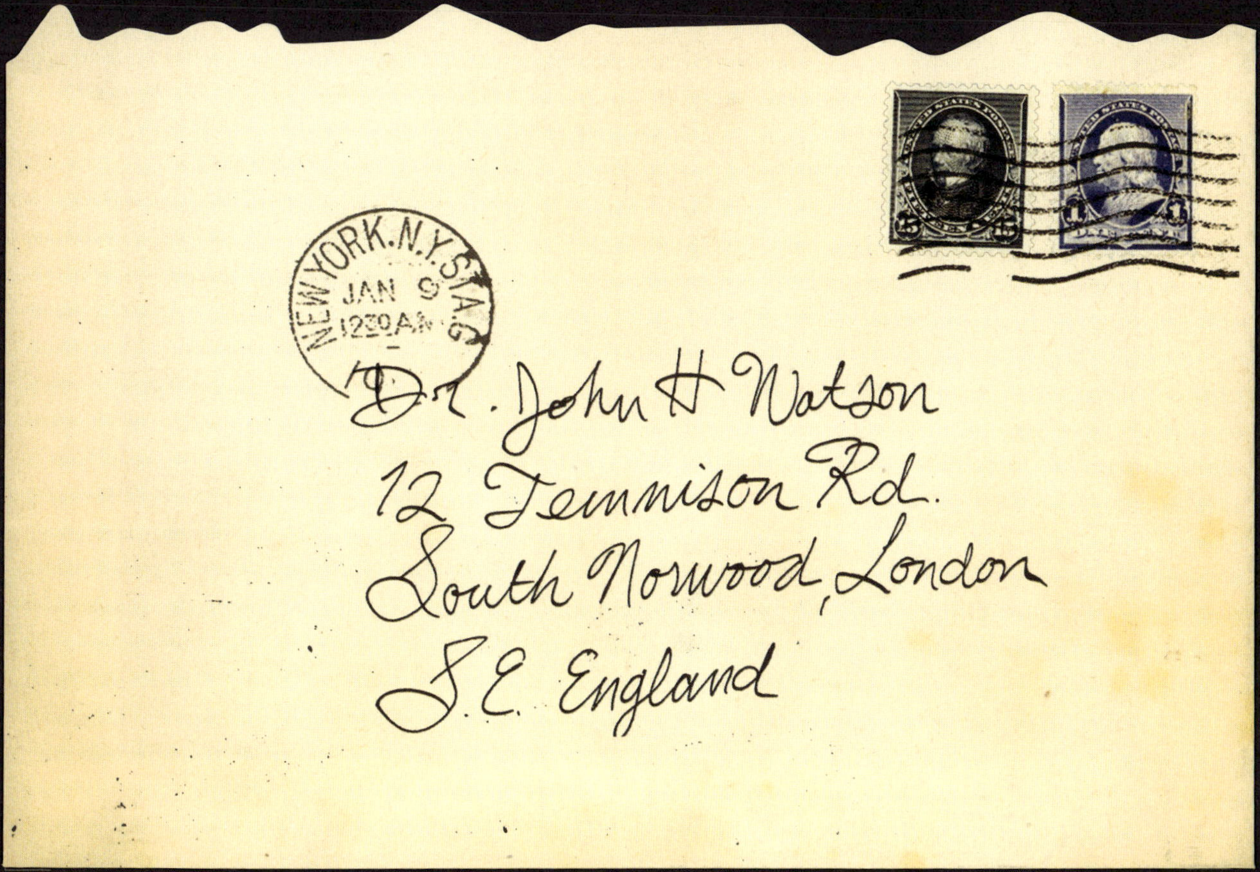
NEW YORK. N.Y. STA. G
JAN 9
1230 AM
Dr. John H Watson
12 Tennison Rd.
South Norwood, London
S.E. England

Car, à n'en pas douter, si les sbires de cet assassin venaient à apprendre que leur proie errait en Amérique, les couteaux, les pistolets et les gourdins seraient vite préparés, et la traversée transatlantique rapidement organisée afin de reprendre la sinistre chasse à l'homme. Je connais l'intense paranoïa de Holmes. Si par miracle il avait effectivement survécu, je gage qu'il ne prenait plus aucun risque désormais.

Mais pourquoi toutes ces missives cryptées ? Comment Holmes espérait-il que j'agisse au vu de tels indices ? Devais-je préparer mes malles et convier Mary pour une nouvelle lune de miel aux chutes du Niagara, tant d'années après nos noces ?

Mais où aller ensuite ? Car nul doute qu'un nouveau courrier m'attendrait chez moi, à mon retour, accompagné de quelques friandises du Vermont ou d'une invitation à visiter les marécages de Floride !

Non, me disais-je, Holmes savait bien que je n'allais pas me lancer à la poursuite de ces envois.

Je passai des jours à tenter d'assembler ces mystérieux indices. Comme j'aurais alors aimé partager avec quelqu'un mes idées et mes hypothèses ! Certes, je suis très attaché à ma chère Mary, mais la déduction n'est pas exactement sa tasse de thé. C'est une femme pragmatique, qui ne considère les faits que s'ils débouchent sur une finalité précise. Pour elle, les conjectures et les jeux d'esprit ne sont qu'une perte de temps. Je demeurai donc dans ma solitude... jusqu'au moment où je me souvins de vous.

Nous n'avons passé que peu de temps ensemble puisque nous ne nous sommes rencontrés que deux fois, si ma mémoire est bonne. Pourtant ces brèves entrevues m'ont laissé un souvenir mémorable. Depuis ma première confrontation avec Holmes, je n'avais jamais été aussi impressionné par une telle intelligence. Vos deux esprits fonctionnent selon des schémas similaires, même si, à première vue, nous semblons, vous et moi, avoir plus de points communs (bien que vous ayez obtenu vos cicatrices sur les sanglants champs de bataille de Gettysburg et moi à Maiwand, lors de mes campagnes en Afghanistan). Malgré cela, je comprends bien que vous êtes, Holmes et vous, deux hommes de la même trempe.

Peu après avoir reçu ce quatrième courrier, je parvins à remettre la main sur l'adresse que vous m'aviez donnée autrefois ainsi qu'un petit mot m'expliquant, cher colonel, qu'après de nombreuses années de pérégrinations vous aviez enfin choisi de résider à Philadelphie. D'ailleurs, je me suis souvenu d'avoir été fort impressionné par le choix de cette fière cité, la prétendue « Athènes de l'Amérique ». J'avais même expliqué à Holmes combien j'aurais plaisir, un jour ou l'autre, à aller y passer quelques jours en villégiature... « Bien sûr, mon cher Watson, vous savez que leur Liberty Bell [1] n'est rien d'autre qu'une légende », m'avait-il répondu. Je lui avais répliqué en riant qu'il n'était guère charitable pour cette ville. Il m'avait alors conseillé de relire les œuvres de George Lippard [2].

Je rédigeai alors un premier brouillon de lettre pour solliciter votre opinion sur ces étranges courriers expédiés par cet ami que je croyais mort. Mais jugez comme cette idée semble incroyable, voire absurde ! Comme je ne vous connais guère, je craignis que vous ne vous contentiez de me suggérer un long séjour dans l'un de nos excellents asiles !

Et pourtant... Une cinquième missive me parvint peu après avoir déchiré ce premier projet de lettre à votre intention.

Cette fois, l'envoi contenait ce qui me paraît être un horaire de chemins de fer sur la côte est des États-Unis. Je le joins à mon envoi pour vous permettre de l'examiner. Car, malheureusement, je n'eus guère le loisir de me perdre en conjectures à son sujet...

En effet, dès la nuit suivante, les événements se précipitèrent. Ce ne fut qu'une succession d'aléas qui conduisirent à mon incarcération et au procès qui m'attend.

Oh, que j'aimerais remonter le temps et étouffer dans l'œuf ces sinistres mésaventures !

Hélas, je ne puis ! En tant qu'homme de science, je me refuse à prêter foi à l'idée d'un injuste destin tissé par les Parques. Je pense que toutes ces calamités étaient inévitables.

Aussi, à présent, je vous écris pour quérir votre aide.

Je ne me soucie plus que vous me preniez pour un fou. Je crains seulement que vous puissiez me croire coupable des horribles méfaits dont on m'accuse.

1. La « Cloche de la Liberté » est pour les Américains le symbole de l'Indépendance, puisque, selon la légende, elle aurait retenti le 4 juillet 1776 pour appeler les citoyens de Philadelphie à entendre la Déclaration d'indépendance des États-Unis d'Amérique (NdT).

2. George Lippard (1822-1854) est l'écrivain à l'origine de cette histoire, qu'il raconta pour la première fois dans *Legends of the Revolution* (NdT).

1895
DUQUESNE, PA.
5-PM
Dr. John H. Watson
12 Tennison Rd.
South Norwood, London
S.E. England

Il Y A EXACTEMENT une semaine, j'entendis des coups frappés à ma porte en pleine nuit. J'enfilai ma robe de chambre et je me précipitai dans l'escalier, voulant éviter que Mary ne se réveille. Elle a le sommeil léger et a tendance à devenir irritable lorsqu'on la dérange avant que le soleil n'ait eu le temps de réchauffer les rues de Londres depuis au moins une bonne heure. En bas des marches, les coups se faisaient de plus en plus violents, de plus en plus impérieux. Qui diable cela pouvait-il être ?

J'ouvris la porte et je fus saisi par un tourbillon d'air glacé. Il n'y avait personne. Tout au moins, je ne vis personne jusqu'à ce que je baisse les yeux.

– Venez vite ! me cria un gamin en tirant sur ma robe de chambre.

Debout sur la dernière marche du seuil se tenait un gosse qui se présenta sous le nom de Selway. C'était l'un de nos prétendus *Baker Street Irregulars*. Si vous vous souvenez de votre dernière visite, mon cher colonel, il y avait un gamin dans la pièce qui ne cessait d'examiner le bandeau qui vous cache l'œil. C'était précisément ce dénommé Selway. Un jeune galopin particulièrement avare de ses mots, qui m'a toujours inspiré un certain sentiment de malaise. Quel mauvais coup pouvait-il bien manigancer en pleine nuit ?

– As-tu vu l'heure ? Quelle folie te passe par la tête ?

– Baker Street, docteur ! Vite ! Un sale bonhomme !

– Que dis-tu ? Quel sale bonhomme ?

– Un bruit affreux ! m'expliqua-t-il. Un bonhomme répugnant...

– Attends-moi ici, lui dis-je, et je me précipitai dans l'escalier pour m'habiller en toute hâte. Mary changea de position à deux ou trois reprises et, chaque fois, je pensai me faire écharper. Je l'imaginais se réveillant pour me demander pourquoi j'enfilais mon pantalon et mon manteau par cette nuit glaciale. Je me voyais déjà obligé de lui expliquer qu'on requérait ma présence à Baker Street. Ce lieu qu'elle détestait entre tous et qui était devenu un sujet de dispute entre nous. Par chance, elle n'ouvrit pas les yeux.

Je suivis donc ce voyou, ce Selway, qui m'escorta jusqu'au 221 B, selon cet itinéraire si souvent parcouru que je m'étonne parfois que l'empreinte de mes pas ne soit-pas gravée sur les pavés. Un épais brouillard envahissait les rues. C'était une nuit parfaite pour les pires méfaits.

– Clac, clac, clac ! répétait le gosse.

« BAKER STREET, DOCTEUR ! VITE ! UN SALE BONHOMME ! »

– Que dis-tu ?

– C'était le bruit. Clac, clac, clac !

– Quelqu'un qui frappait à la porte, j'imagine ?...

Bien que Holmes ait disparu depuis plusieurs années, sa renommée poussait encore de nombreuses personnes à venir chercher assistance. À plusieurs reprises, ma lecture des journaux du jour et ma collation matinale de café et d'œufs au bacon avait été interrompue par un de ces êtres en détresse que j'avais dû convaincre que, non, mister Holmes n'était pas disponible et qu'il ne le serait plus jamais. « Adressez-vous à Scotland Yard ! » ajoutais-je. Pourtant ce n'est jamais ce qu'ils semblaient chercher.

N'était-ce pas encore une fois le cas ? Un visiteur paniqué, surgissant en pleine nuit pour quérir urgemment une aide que nul ne pouvait désormais lui offrir ?

Je tentai donc de convaincre ce Selway, n'hésitant pas à le cajoler pour lui faire recouvrer la raison.

– Dis-moi, à quoi ressemble cet homme ?

Mais le gamin courait devant moi, refusant obstinément de répondre, comme s'il était soudain devenu muet. Même mes tentatives de menace ne purent avoir raison de son silence. Ce gosse se comportait de façon étrange.

Lorsque nous arrivâmes devant l'entrée, mon cœur chavira. Les marches et le seuil étaient jonchés de copeaux de bois. La porte avait été forcée. Sans doute avec un pied-de-biche ou avec quelque autre attirail propre aux perce-murailles. L'intrus était-il encore à l'intérieur ?

Malgré l'impression que certains ont pu se faire de moi à la lecture de mes aventures avec Sherlock Holmes – vous devriez entendre, cher colonel, la manière dont je suis parfois caricaturé dans certaines discussions de pubs ! –, je n'ai rien d'un couard. Je suis parfaitement capable de renverser les obstacles surgissant devant moi. J'ai longtemps servi comme médecin militaire et j'ai même survécu au tir d'un mousquet afghan, dont une balle m'a défoncé l'épaule. Je ne crains ni les coupe-jarrets, ni les cambrioleurs.

– Attends-moi ici, ordonnai-je au jeune Selway. Mais, en tournant la tête pour lui parler, je m'aperçus qu'il s'était déjà éclipsé.

Je m'avançai dans l'escalier.

Et, à peine arrivé à mi-hauteur du palier, je découvris une chose curieuse.

Je glissai cette pochette d'allumettes dans la poche de mon pantalon et je continuai à avancer jusqu'à notre porte qui, elle aussi, avait fortement été endommagée. Qui avait fait une chose pareille ?

Je songeai immédiatement à l'alpenstock accroché dans son coin. Je me sentis un peu honteux à l'idée de me servir d'une telle relique comme d'une arme, mais je me rassérénai en pensant que Holmes, à ma place, n'aurait pas hésité. Ne conservait-il pas un revolver qu'il utilisait parfois pour tirer dans les murs en l'honneur de la reine Victoria ? (Vous vous dites sans doute, cher colonel, que les Anglais sont des êtres bizarres et insupportables !) Malheureusement, l'ancienne canne de Holmes était hors de ma portée immédiate.

Dès que j'entrai dans notre salon, je ne découvris point un voleur, mais un vieil homme, tout tremblant, assis sur la malle-cabine de Holmes. Sa tête parcheminée était ornée d'une abondante chevelure, parsemée de touffes blanches, qui n'était pas sans rappeler la fourrure du blaireau. Il portait une longue tunique noire qui lui couvrait les bras et les jambes, à la manière d'un clergyman.

– Vous devez m'aider, mister Holmes, me dit-il d'une voix chevrotante.

– Je ne suis pas Sherlock Holmes, répondis-je. Et vous venez de pénétrer par effraction dans une propriété privée. Sauf à me convaincre rapidement du contraire, je vais appeler Scotland Yard pour vous faire arrêter.

– Aidez-moi ! insista-t-il. Il en va de la vie de toute ma famille.

La détresse de son regard paraissait sincère. Comment aurais-je pu me détourner d'un homme dans un tel désarroi ?

Mais n'était-ce point une ruse ? Je me glissai près du coin, là où se trouvait l'alpenstock. Lors de nos aventures communes, Holmes avait usé de nombreux déguisements, se grimant souvent en vieillard. Ses adversaires du gang de Moriarty étaient, eux aussi, sûrement capables d'un pareil subterfuge. Étais-je vraiment en présence d'un vieil homme éploré ? Je devais en avoir le cœur net.

Mais, si ce n'était pas le cas, je devais aussi prendre mes précautions pour riposter.

Je tentais de me remémorer mes années d'entraînement auprès de Holmes. « Tout est affaire de détail, me répétait-il sans cesse. À partir d'une simple goutte d'eau, on peut, disait-il, déduire l'existence des chutes du Niagara. Ou celle du Sahara, à partir d'un unique grain de sable. »

Cependant, j'avais les nerfs à fleur de peau et il est particulièrement difficile de se concentrer sur des détails lorsqu'on ignore si on ne se trouvera pas engagé dans une lutte à mort quelques instants plus tard.

– Ah ! c'est vous, le docteur Watson, fit-il avec un léger accent que j'identifiai comme scandinave. Je ne vous avais pas reconnu dans cette mauvaise lumière. Je croyais avoir affaire à Holmes.

– Est-ce que nous nous connaissons ? demandai-je. Son visage ne m'était pas le moins du monde familier.

– Vous devez m'écouter, mon bon monsieur. Excusez-moi pour mon intrusion. Mais une fois que vous aurez entendu mes explications, vous comprendrez sûrement ma hâte.

– Comment avez-vous réussi à forcer ces portes ? dis-je. Car l'homme n'avait pu se frayer un passage qu'en utilisant quelque outil qui, à présent, pourrait tout aussi bien lui servir d'arme.

– Vous ne vous souvenez pas de moi, n'est-ce pas ?

– J'ai bien peur que non.

– Nous nous sommes rencontrés à Meiringen, fit-il. J'y tenais autrefois un hôtel, avec l'aide de mon épouse.

Soudain tout me revint. Le hameau de Meiringen, non loin des chutes de Reichenbach. C'est là, à l'Englisher Hof, que nous avions pris une chambre, Holmes et moi, lors de notre poursuite de Moriarty.

– Le vieux Peter Steiler ! fis-je. Je ne vous avais pas reconnu.

Steiler était un brave homme. Je me souvins que le bonhomme parlait parfaitement l'anglais, car il avait longtemps travaillé comme serveur au Grosvenor Hotel de Londres.

Cet homme, amical et bien bâti, était la dernière personne que j'avais rencontrée avant d'apprendre l'affreuse nouvelle de la mort de Holmes. En compagnie du détective, je cheminais en direction des chutes lorsqu'un jeune Suisse nous avait rejoints en courant, tenant dans ses mains rougeaudes une enveloppe où on lisait l'en-tête de l'hôtel, l'Englischer Hof, ainsi que mon nom. Je l'avais immédiatement ouverte, tandis que Holmes en avait profité pour allumer une cigarette. Il s'agissait d'un message du vieux Steiler m'avertissant qu'une touriste anglaise,

« JE DÉCOUVRIS UN VIEIL HOMME, TOUT TREMBLANT, ASSIS SUR LA MALLE-CABINE DE HOLMES. »

prise d'une grave hémorragie peu après notre départ, réclamait l'aide d'un médecin britannique. Steiler me demandait donc, comme une faveur personnelle, de bien vouloir revenir sur mes pas pour lui porter assistance dans ses derniers instants.

– Vous devriez vous y rendre, m'avait enjoint Holmes.

– Comment pourrais-je vous abandonner en ce moment précis ?

– Allez-y. Vous êtes bien médecin et sujet britannique, non ? À des lieues à la ronde, personne ne correspond à ce double critère si particulier. Je vous retrouverai ce soir.

Adossé à un escarpement rocheux, Holmes examinait attentivement les chutes, comme si, à la manière de Gargantua, il tenait devant lui une gigantesque loupe. Je suis sûr que la moindre goutte ne pouvait échapper à son regard sombre.

Ce fut la dernière fois que je vis mon bon ami, le meilleur homme que j'aie jamais rencontré.

Ce n'est que bien plus tard que je compris la vérité : Holmes savait parfaitement que ce message était un faux. Il tentait seulement de me protéger.

Répondant à l'appel du devoir professionnel, je revins en hâte à Meiringen où je fus accueilli par le vieux Steiler qui me regarda avec surprise.

– Une touriste anglaise souffrant d'hémorragie ? Ici ? Non, il ne se passe rien de tel.

Je lui montrai la lettre et une lueur illumina son visage. Il avait compris : « Ha ! » rugit-il. Et il me raconta que, quelques heures auparavant, un Anglais, un homme de haute taille, lui avait demandé du papier à lettres à en-tête de l'hôtel, ainsi que l'aide d'un gamin capable de porter un message vite et loin. Mon sang ne fit qu'un tour. Moriarty !

Immédiatement, je rebroussai chemin pour remonter aux chutes de Reichenbach. Mais vous connaissez déjà l'issue de cette triste histoire, mon cher colonel. Je vous l'ai narrée. C'est donc à cette occasion que j'avais vu le vieux Peter Steiler pour la dernière fois.

Or, le vieillard chevrotant qui trônait en face de moi sur la malle de Holmes n'était certainement pas Peter Steiler. Comment aurais-je pu oublier tous les détails de ce jour funeste, sûrement le plus atroce de ma vie ? Ils restent gravés à tout jamais dans ma mémoire.

Quel que soit cet imposteur, comment pouvait-il m'imaginer assez débile pour ne pas me souvenir d'un visage à quelques années de distance ?

Imperceptiblement, je me rapprochai de l'alpenstock. Mais j'avais envie d'en entendre un peu plus. Peut-être ses mensonges m'aideraient-ils à mieux comprendre. Soudain, une nouvelle pensée me frappa : les seules personnes au courant de ma rencontre avec le vieux Steiler en Suisse faisaient obligatoirement partie de la bande de Moriarty !

Toutes ces idées se bousculaient en moi comme une éblouissante évidence, lorsque le vieil homme reprit la parole :

– J'ai vécu de longues et dures années, depuis notre dernière rencontre. J'ai beaucoup maigri.

– Effectivement.

– Depuis cette époque, ma vie a été profondément bouleversée. Je n'ai cessé de craindre pour mes jours, ainsi que ceux de ma famille. Des forces se sont levées contre moi, auxquelles je ne comprends rien. Vous devez convaincre Holmes de m'aider !

– Vous aider ? Mais de quelle sorte de secours avez-vous besoin ? Et qu'entendez-vous par des forces liguées contre vous ?

– Je ne peux rien vous dire. Je veux en discuter avec mister Holmes en personne.

– Je me doute que votre frayeur est bien réelle pour faire irruption ici à une telle heure de la nuit et j'ai peine à voir un homme comme vous dans un tel désarroi. Croyez-moi, je ne demande qu'à vous rendre service. Je vous en prie, permettez-moi de vous prêter main forte.

Balivernes ! En fait, je cherchais simplement à en apprendre davantage sur ce mystérieux visiteur qui, à l'évidence, n'était pas Peter Steiler. Plus j'en saurais et mieux je comprendrais la situation.

Le vieillard décharné leva ses grands yeux vers moi :

– Puis-je vous faire confiance ?

– Sans aucun doute.

Il déglutit avec difficulté :

– Très bien.

Il poussa un profond soupir et me tendit ce télégramme :

On ne pouvait le nier : cela semblait bien provenir d'une femme adressant une supplique à son mari, sous le coup d'une circonstance désespérée. Pourtant, l'homme qui me faisait face n'était pas le vieux Peter. Quel traquenard se tramait sous mes yeux ?

– Holmes n'est pas là, ajoutai-je en tentant d'entrer dans son jeu, comme si le détective avait survécu par miracle à son plongeon fatal.

Les détails. Ne pas oublier d'examiner tous les détails. Je croyais encore entendre dans ma tête les mots que ne cessait de me répéter mon vieil ami : « Des données ! Je manque de données ! C'est une erreur majeure que de raisonner en l'absence de faits concrets ! »

L'homme qui prétendait être Peter Steiler était assis tout de guingois. Sa jambe formait un angle bizarre. Qu'est-ce que cela cachait ? Était-il estropié, conséquence peut-être d'une ancienne blessure de guerre ?

Lors de notre première rencontre, Holmes avait instantanément décelé sur ma personne un certain nombre d'indices – un teint hâlé et un bras accusant une certaine gaucherie – et il en avait immédiatement déduit que j'avais servi en Afghanistan. Que pouvais-je conclure en examinant les caractéristiques de cet imposteur ?

À ses pieds, il avait posé une serviette en cuir. Une sorte de sacoche de médecin. J'aperçus le manche noir d'un outil qui dépassait d'un côté de la fermeture. Mais de quel instrument s'agissait-il ? J'étais incapable de le dire.

Je remarquai également que l'homme portait des bottines et que l'une d'elles était légèrement tordue vers l'extérieur de manière peu naturelle. Mon hypothèse d'une jambe accidentée se confirmait peut-être. Hélas, j'étais incapable de me souvenir si le véritable Peter Steiler était affecté d'un semblable handicap. Il est vrai qu'il aurait aussi pu se blesser au cours des quatre années écoulées, surtout si lui et sa famille avaient été la proie des odieux sbires de Moriarty.

Comment procédait donc Holmes ? Comment tissait-il autant de liens à une vitesse aussi stupéfiante ?

– Bon, alors, reprit le faux Steiler. Où est-il ? Je dois le joindre de toute urgence.

– Il est clair, monsieur Steiler, que vous avez été absent fort longtemps. Car, c'est triste à dire, mais les faire-part sont déjà anciens ! Holmes n'est plus de ce monde.

– Quoi ! s'écria-t-il. C'est impossible !

– C'est parfaitement possible, j'en ai bien peur. J'étais présent en personne, moins d'une heure après que

Holmes eut donné sa vie pour débarrasser l'humanité de cet abominable négociant en crimes, ce mathématicien maléfique... (Et ici je ménageai une petite pause pour mieux vérifier l'impact que ce nom aurait sur l'imposteur.) Le professeur James Moriarty !

Pourtant, même si mes mots le choquèrent, mon interlocuteur demeura impavide. Son regard flottait au loin, comme s'il cherchait à distinguer quelque chose au-delà des murs du 221 B.

– Je n'ai eu que récemment connaissance de ce Moriarty, marmonna-t-il. Comme je l'exècre à présent ! Pourtant... Mettre un nom sur le mal qui menace ma vie ne rend pas ma lutte plus aisée.

« Encore des simagrées ! » pensai-je.

Il est évident qu'un nervi à la solde de Moriarty – même si ce génie du mal pourrissait dans les gouffres de l'enfer – ne pouvait que prétendre haïr son ancien employeur. Sa motivation m'apparut alors clairement. Son effraction, sa conduite étrange, son récit... Tout cela n'était qu'une tentative pour me soutirer des révélations au sujet de Holmes. Une manœuvre pour que je me trahisse. La bande de Moriarty devait soupçonner que je possédais quelque information sur mon ami. Pour l'instant, ils tentaient une première approche avec une fine lame. Mais, bientôt, ils passeraient aux instruments de torture...

Je jetai à nouveau un coup d'œil furtif en direction de l'alpenstock.

– Vous vous trompez au sujet de Sherlock Holmes, continua le faux Steiler. Il est parfaitement en vie. Mon épouse lui a parlé, il y a moins d'un mois. J'en ai la preuve.

– Vous mentez ! lançai-je d'un ton abrupt.

Même si l'émotion m'avait fait répondre d'un trait, je ne pus m'empêcher de penser à ces mystérieux courriers qui s'empilaient sur mon bureau. Le matin même, je rêvais encore à la possibilité d'un monde bénéficiant du retour de Holmes.

– Non, c'est vrai ! C'est pour cela que je suis venu implorer son aide. On a affirmé à mon épouse qu'il serait prochainement de retour à Londres et que je devrais m'y précipiter pour lui demander assistance. Nous n'avons tous les deux qu'un seul désir : que cessent enfin ces années de cauchemar et de cavale infernale.

– En quoi consiste cette preuve dont vous parlez ?

– Laissez-moi vous la montrer.

Le faux Steiler se pencha alors pour se saisir de sa sacoche.

Je n'avais nulle intention d'attendre qu'il en sorte un revolver. Malgré les blessures récoltées en Afghanistan, qui m'ont rendu un peu plus lent qu'autrefois, je suis encore susceptible de bondir si les circonstances l'exigent. Je m'élançai donc vers l'alpenstock.

Un *clac !* sonore retentit alors dans la pièce. Le bruit d'un cuir qui claque. Suivi du sifflement aigu de l'acier.

Ce n'était pas un revolver. Une lame, sans doute.

J'avais déjà empoigné la canne, prêt à m'en servir. D'un bon coup de moulinet, je pouvais lui fracasser le poignet, quitte à me soucier ultérieurement des possibles conséquences.

Clac !

Clac !

Clac !

Il s'approcha.

Je me retournai pour lui faire face.

Mais trop tard.

Une chape d'obscurité s'abattit sur moi comme un linceul. L'espace d'une seconde, je m'imaginai plongeant, moi aussi, dans les chutes, entouré de mottes de terre noire qui tombaient en avalanche autour de moi.

Telle la terre d'une tombe en Suisse.

« JE M'ÉLANÇAI VERS L'ALPENSTOCK. »

« UN INCENDIE AU 221 B BAKER STREET. »

J'AI JOINT À MA LETTRE le mandat d'arrestation émis par Scotland Yard, afin que vous preniez connaissance de l'inculpation officielle qui me fut délivrée à la suite de ma perte de conscience au 221 B.

Permettez-moi maintenant de vous livrer mes propres souvenirs, aussi effrayants soient-ils.

Après un laps de temps que je ne saurais déterminer, j'ouvris les yeux. À travers le fog nocturne, j'aperçus le ciel noir de Londres et, sur mon flanc, je ressentis une source de chaleur. Autour de moi, c'était un concert de hurlements. Ma main était agrippée à quelque chose. Une poignée. Dans mon état semi-inconscient, j'eus l'impression que ma vie était liée à ce manche de métal. La seule manière pour moi de la retenir était de m'y cramponner de toutes mes forces. Pour rien au monde, je n'aurais accepté de desserrer mon étreinte.

– Qu'avez-vous fait ? me cria une voix.

– Vite, lança quelqu'un d'autre. Tirons-nous d'ici !

J'étais environné de flammes et de fumée. Et je ressentais une intense sensation de chaleur sur ma peau, une sorte de brûlure comme je n'en avais plus éprouvé depuis le contact avec la terre afghane calcinée.

Puis un voile d'obscurité s'abattit à nouveau sur moi, avec la sensation de dégringoler dans un abîme où des éclats de glace me perçaient les chairs. Dans ma main, je serrais toujours ce manche qui pouvait me sauver la vie...

Mon souvenir suivant est de m'être réveillé sur mon lit l'hôpital, avec la jambe menottée au pied du lit. Je sentais la froideur de l'acier sur ma cheville. Pourquoi étais-je ainsi retenu prisonnier ?

En recouvrant l'usage de mes sens, la rage s'empara peu à peu de moi. L'homme qui m'avait sauvagement agressé errait encore quelque part dans Londres. Si on lui en laissait l'opportunité, il allait s'attaquer à d'autres victimes. Il fallait l'arrêter. Pourtant, c'est moi qu'on avait entravé ! J'appelai donc les infirmières pour leur intimer l'ordre de faire venir immédiatement un officier du Metropolitan Service. J'exigeai de connaître la raison de ce traitement indigne.

Peu après, l'inspecteur Lestrade entra à grands pas dans ma chambre.

– Bonjour, docteur, dit-il. Comment vous sentez-vous ?

La police londonienne étant ce qu'elle est, Lestrade en est un élément très acceptable. Holmes lui-même

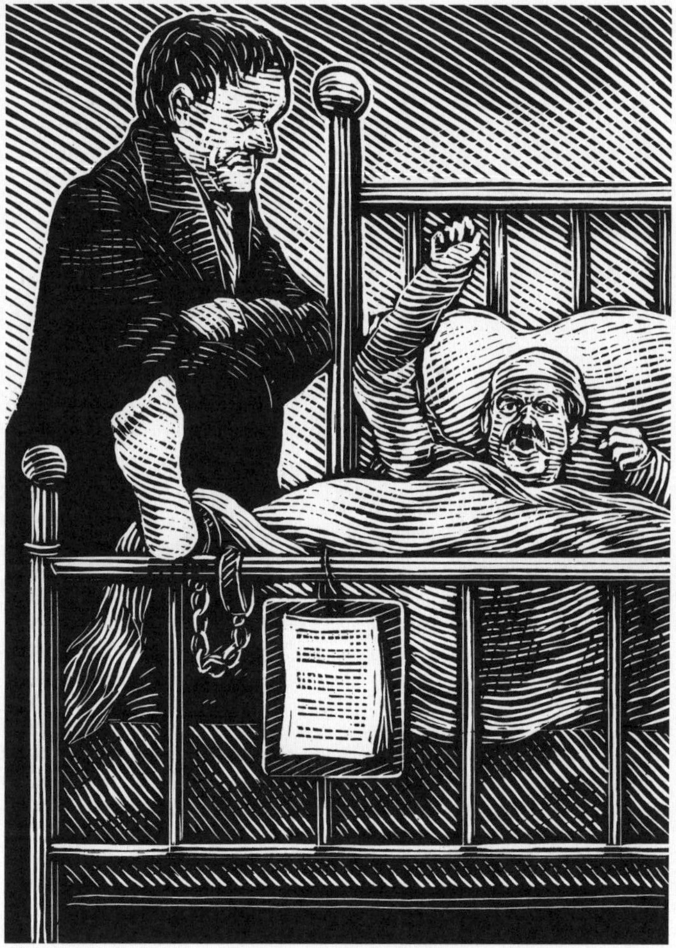

« POURQUOI ÉTAIS-JE AINSI ENCHAÎNÉ ? »

le qualifiait souvent du « meilleur dans un triste lot ». Je sentis donc un certain réconfort à retrouver sa bonne tête de bouledogue. Au fil des ans, nous avions, Holmes et moi, souvent croisé cet inspecteur tenace sur le chemin de nos aventures, et la dette s'établissait clairement en notre faveur. En s'attachant à résoudre des affaires criminelles, Holmes ne cherchait ni la célébrité ni la richesse. Il acceptait volontiers que la police tire à elle tout le profit de la résolution d'énigmes apparemment insolubles. Ses efforts avaient donc largement contribué à la carrière de Lestrade. Je n'en dirai pas plus.

– Pourquoi diable m'a-t-on attaché ? demandai-je.

– N'auriez-vous pas agi de même si vous aviez été à ma place ?

– Que voulez-vous dire ?

– Imaginez l'histoire suivante. Vous découvrez un homme inconscient au pied d'un bâtiment en flammes, serrant une scie à métaux dans son poing. Attention, il ne s'agit pas de n'importe quel homme ! Un chirurgien militaire. Quelqu'un parfaitement compétent en matière de... Bon, je reviendrai sur cette idée dans un instant. Ensuite, même si la brigade des sapeurs-pompiers parvint à circonscrire l'incendie dans un délai très raisonnable, c'est déjà trop tard. On sort le cadavre carbonisé d'une malheureuse victime. Et on s'aperçoit alors d'un fait troublant : le pauvre diable a été amputé de sa jambe, juste au niveau du genou. La plaie est totalement calcinée, ce qui a eu pour effet de cautériser la blessure. Cependant le plus novice de nos inspecteurs peut aisément constater que l'amputation est l'œuvre d'un professionnel.

Je ne comprenais pas un mot de ce que me racontait Lestrade.

– Mais de quel pauvre diable parlez-vous ?

– Vous ne voyez pas, docteur ? Vous ne vous souvenez pas d'une violente altercation avec un homme âgé, peu avant minuit ? Les résidents de Baker Street, quant à eux, se souviennent parfaitement du bruit de cette dispute.

– Si vous continuez à me tenir des propos n'ayant aucun sens, insistai-je, je vais devoir faire appel à un autre inspecteur.

Lestrade traversa la chambre pour s'installer de l'autre côté. Il ne cessait de se frotter le menton.

– Parlez-moi de l'Afghanistan, docteur. Avez-vous jamais eu l'occasion d'y pratiquer des amputations sur le champ de bataille ?

Ces mots firent resurgir en moi de tristes souvenirs que j'aurais bien voulu voir tomber à jamais dans l'oubli.

– Je ne vois pas le rapport avec ma brutale attaque de cette nuit.

– Brutale, oui. C'est le mot. Pourquoi avoir agi ainsi ? Ce pauvre vieillard vous aurait-il fait du tort, à vous ou à Holmes ? Pourquoi vous êtes-vous vengé en lui sectionnant la jambe avec cette scie rouillée, avant de mettre le feu à votre appartement pour mieux dissimuler les preuves ?

– Grotesque ! m'écriai-je.

J'étais cloué au lit, et malgré mon corps meurtri, mon esprit ne cessait de battre la campagne. Comment était-il possible qu'un homme qui m'avait mis KO – car je ne suis pas et je n'ai jamais été enclin aux syncopes spontanées – ait ensuite perdu sa jambe et fini par périr dans les flammes du 221 B ?

(Vous remarquerez que j'étais trop perturbé pour tirer toutes les conséquences de cet incendie. Plus tard, lorsque j'eus l'occasion de repenser à tous les précieux objets et souvenirs perdus, j'eus l'impression que mon cœur, lourd de tristesse, sombrait, comme enchaîné à une ancre. Ma seule consolation fut de penser à mes manuscrits détaillant les exploits de Holmes. Ils étaient saufs.

Mais je sais qu'un tel silence ne durera guère.
Et que je devrai bientôt expier mes crimes imaginaires.

En ces heures douloureuses, les plus sombres de ma vie, je me tournai vers Mary, mon épouse, la seule personne qui ne me considérait pas comme un sauvage découpeur de cadavres. Je l'abjurai de retourner sur les décombres calcinés du 221 B pour récolter toutes les preuves possibles. Pour y découvrir d'éventuels indices qui auraient échappé à Scotland Yard.

Dès le lendemain, Mary revint me voir au parloir de Colbath Fields avec une curieuse trouvaille, qu'elle tenait aussi précieusement que le saint sacrement. Il s'agissait d'une page imprimée, déchirée en huit morceaux. Elle l'avait trouvée sur le palier, parmi les cendres, et elle avait recueilli ces fragments dans une enveloppe, que j'ai collée à votre intention sur la page précédente.

Après avoir assemblé ce puzzle, je compris que, plus que jamais, j'aurais eu besoin de Holmes. Hélas, je ne dispose que de mes maigres pouvoirs de déduction, ces rares miettes que j'ai réussi à picorer dans la main du plus grand homme que j'aie jamais rencontré. Est-ce suffisant ? J'en doute. Je dois bien reconnaître, mon cher colonel, que je ne vois pas la résolution de cette énigme de manière très positive.

Je me retrouve prisonnier, plongé au cœur d'une affaire incompréhensible. Et je ne me souviens que trop bien des propos de Holmes : « En règle générale, plus un crime paraît bizarre et moins il s'avère mystérieux à la fin. Ce sont les meurtres ordinaires, les moins caractérisés, qui

« MARY REVINT ME VOIR AU PARLOIR AVEC UNE CURIEUSE TROUVAILLE. »

sont les plus déroutants. De la même manière qu'un visage banal est souvent le plus difficile à reconnaître. »

Une fois les morceaux assemblés, la page ne me fournit aucune indication. Je reste toutefois persuadé qu'elle contient un sens précis pour le véritable instigateur de ces crimes. Je connais chaque centimètre carré et chaque objet du 221 B, et je suis sûr que cette feuille n'appartient pas à Holmes. Mais que signifie-t-elle ?

Entre-temps, je m'absorbai dans les problèmes judiciaires de ma défense. Sur la recommandation d'un cousin de Mary, je m'assurai les services d'un avocat, un certain Ernest Thornton. Malheureusement, il ne semblait guère se passionner pour l'exercice de la justice ni se soucier de mon embarras. Lors de notre première rencontre, il s'appesantit lourdement sur sa sœur Florence, qui était partie en Amérique pour y épouser un ingénieur des chemins de fer, un poivrot nommé Maurice. Jugez de mon malheur : à un des pires moments de ma vie, je me retrouvais obligé de quémander l'aide de ce Thornton, qui ne cessait de déblatérer sur sa maudite sœur, son paresseux de mari et leur infortunée progéniture, un pauvre gamin de sept ans affublé du nom de Raymond.

J'étais incapable de ressentir la moindre sympathie pour les avanies qui frappaient ce gosse. Je souhaitais seulement que mon défenseur s'intéresse à mon affaire. Et surtout à ma triple inculpation. Autant de crimes que je n'avais pas commis.

D'ailleurs, au moment où j'écris ces lignes, je cherche un nouvel avocat.

Toujours sur ma demande expresse, Mary me procura un autre indice mystérieux, trouvé parmi les décombres de Baker Street. Il s'agit de cette image qui, à l'évidence, n'appartenait ni à Holmes ni à moi.

Il est vrai que nous avons rencontré de nombreuses créatures insolites, comme ce grand chien meurtrier, dont je dois encore coucher l'extraordinaire aventure sur le papier. Mais aucune, même pas le fameux rat de Sumatra, ne soutient la comparaison avec le visage imprimé sur ce document. J'imagine que c'est le faux Peter qui l'a apportée sur les lieux. Mais que signifie-t-il et que représente-t-il ? Je l'ignore.

Est-ce une sorte de totem surnaturel appartenant au gang de Moriarty ? Ou une créature bestiale, issue de contrées reculées ?

Cet être étrange est sans doute un genre de qu...

(LE MANUSCRIT EST BRUSQUEMENT INTERROMPU SUR CE MOT INACHEVÉ)

Mon cher colonel, je vous prie de bien vouloir excuser cet arrêt soudain au milieu de ma lettre. Mais on cherche, je le crains, à attenter à mes jours.

Depuis que je suis détenu ici, à Coldbath Fields, j'ai pris soin de dissimuler mon identité aux plus dangereux criminels. Certains sont d'anciens malfrats du gang de Moriarty. Et ils ne seraient que trop heureux de m'éventrer, s'ils venaient à découvrir les liens qui m'unissent à Holmes.

Il y a en particulier un prisonnier que je redoute plus que tous les autres. C'est une véritable barrique, un nommé Pearce. Comme Conan Doyle, il est écossais. Mais, à ceci près, on ne peut pas imaginer deux hommes plus dissemblables. Dans son œil (l'autre orbite est vide), on lit clairement le mot meurtre. Depuis peu, son regard terrible s'est posé sur moi. Pearce me cherche.

Tandis que je rédigeais ces lignes, évoquant l'image de la monstrueuse créature dont mon épouse a trouvé l'illustration dans les cendres encore fumantes du 221 B, j'ai senti son œil qui me fixait. J'ai craint un instant qu'il n'ait déjà sa dague prête, n'attendant que le moment opportun ou le coin sombre idéal pour m'assaillir. Mais soudain il a disparu.

« C'EST UNE VÉRITABLE BARRIQUE, UN NOMMÉ PEARCE. »

Mon cher colonel, je n'ose imaginer ce que vous pensez de moi. Je ne suis plus qu'une ombre, le fantôme de l'homme chaleureux que vous avez rencontré autrefois.

Je suis très gêné de confesser ainsi toutes mes frayeurs. Mais je ne vois aucune autre issue. Les gardiens me méprisent. Ils m'appellent « le boucher » et se gaussent de mes requêtes lorsque je réclame un peu de solitude. Ils me disent qu'au moindre écart je risque fort de me réveiller amputé d'un membre à mon tour. C'est sûrement une plaisanterie. Pourtant ils m'ont prévenu : Pearce va bientôt partager la même cellule que moi.

D'ailleurs, le voici qui revient...

(LE MANUSCRIT EST À NOUVEAU INTERROMPU ICI)

Je n'ai eu que le temps de rassembler mes textes en toute hâte et je me suis enfui pour aller me cacher dans le garde-manger de la prison. Comme je dispose encore de quelques heures avant que les gardiens ne se mettent à ma recherche, je vais tenter de finir cette lettre.

Si jamais je devais trouver la mort entre ces murs, j'aurais au moins achevé mon récit. Car, je le comprends à présent, c'est mon dernier rôle en ce monde.

Oui, j'étais chirurgien sur les champs de bataille. Oui, j'ai pratiqué des amputations sur des hommes valeureux, qui hurlaient le nom de l'Angleterre, notre mère à tous. Des balles adverses ont meurtri ma chair et j'ai été confronté à la Mort dans un monde qui m'était étranger. Mais ce ne sont pas de tels faits que je souhaite évoquer.

S'il me reste encore un but – et si mes écrits ont encore un sens –, je dois m'efforcer de détruire cet infâme empire criminel qui nous menace tous. Désormais, ce ne sont plus ni la guerre ni les batailles qui risquent d'avoir raison de nous. Ce sont ces plans ourdis dans une cervelle malade. Mon seul espoir de déjouer ce complot est d'écrire pour les révéler au monde entier. Voici l'ultime combat, auquel je succomberai avec joie, comme mon ami Holmes a péri avant moi.

Ah... vous devez sûrement me prendre pour un dément ! Si cette lettre et ces indices parviennent bien entre vos mains, les considérerez-vous comme les délires d'un fou furieux ?

Non...
Il y a quelqu'un d'autre dans ce cellier.
J'entends une voix.
Serait-ce Pearce ?

(LE MANUSCRIT EST À NOUVEAU INTERROMPU ICI)

Vous devez certainement me croire profondément dérangé, colonel Resmo.

Effectivement, comme les jours précédents, Pearce était à ma recherche. Mais il ne désirait nullement attenter à ma personne. Il venait m'offrir un cadeau.

Je l'ignorais, mais Pearce est le cousin germain de Selway, le voyou qui avait prestement décampé de la scène du crime. Rappelez-vous, le gosse qui ne disait jamais trois mots. Selon Pearce, il aurait cherché plusieurs fois à me rendre visite au parloir de Coldbath Fields. En vain, car il aurait été systématiquement repoussé par les gardiens qui le considèrent comme un moins que rien, un simple d'esprit.

De dépit, il a fini par transmettre sa découverte à sa famille qui, à son tour, a fait passer le mot en prison. Pearce est ce parent chargé de m'apporter ce dernier indice, au risque d'y perdre sa réputation.

Puis-je faire confiance à Selway ? Pourquoi a-t-il ainsi disparu lors du drame ? Souvenez-vous : je ne me serais jamais rendu au 221 B s'il ne m'avait pas supplié de le faire. C'est vrai qu'il n'est encore qu'un enfant. Mais tous les gamins sont susceptibles de tomber sous la coupe des criminels. Chaque jour, on dénombre des centaines de pickpockets qui arpentent les rues de Londres. La plupart sont bien plus jeunes que Selway. Combien de temps faudra-t-il avant que ces racailles ne commettent d'autres crimes, bien plus graves ? L'un d'entre eux serait-il capable de participer à un incendie volontaire et à un meurtre ? Et si jamais Selway et Pearce étaient tous deux au service de l'empire de Moriarty ?

Enfin, dernière question, comment interpréter cet ultime document transmis par Pearce ?

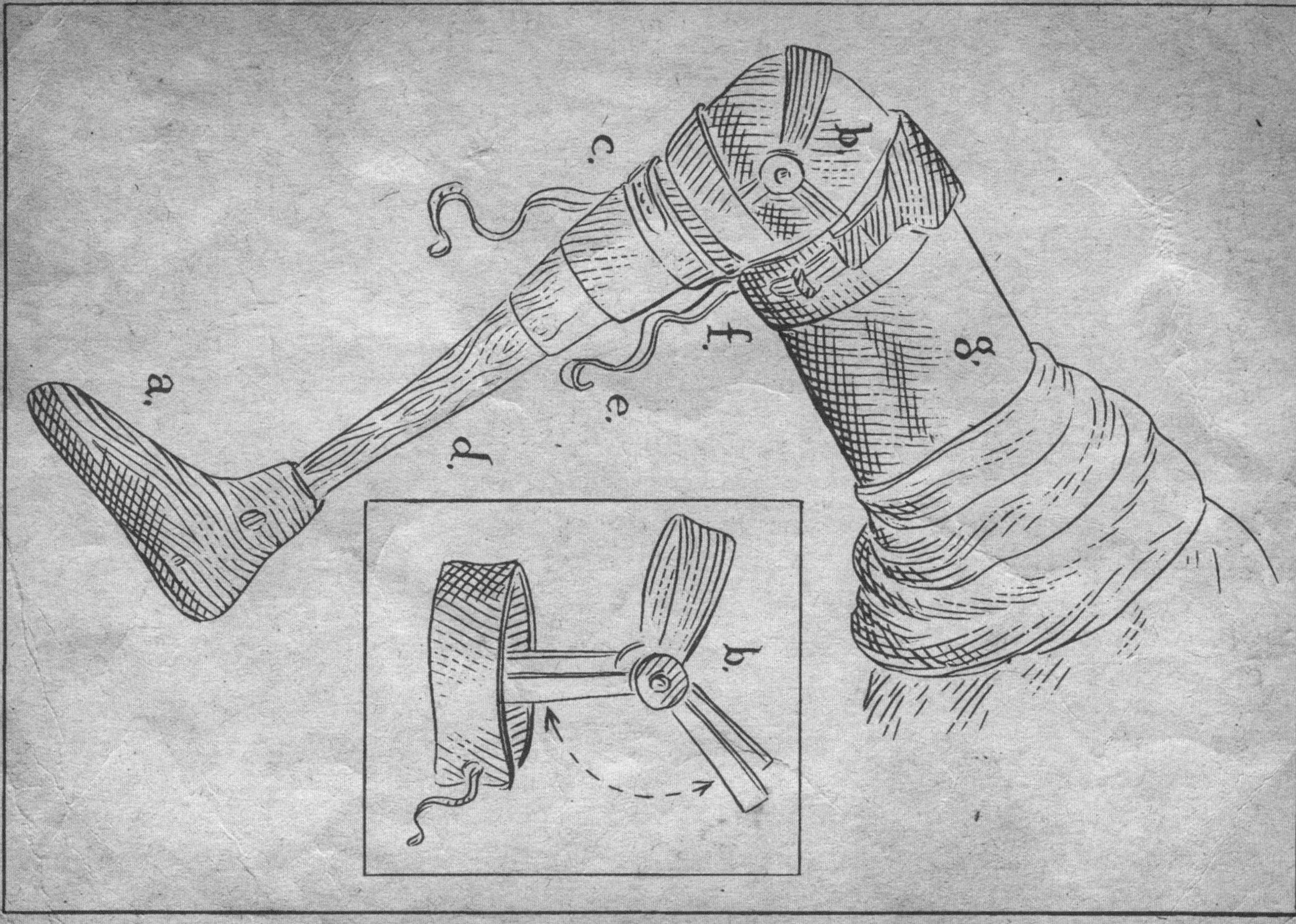
a.
b.
c.
d.
e.
f.
g.
b.

Au moment où j'écris ces lignes, cet indice est le dernier qui me soit parvenu. Mary m'affirme qu'elle n'a plus rien trouvé dans les décombres du 221 B. Il est donc temps pour moi de clore cette lettre, en priant pour qu'elle vous parvienne à Philadelphie avant l'issue de mon procès.

Je sais qu'on tiendra compte de mes services rendus à la ville de Londres, en compagnie de Holmes. Je suis toutefois inculpé de trois crimes majeurs, et même le magistrat le plus indulgent ne pourra atténuer la dure sentence à laquelle je m'attends, si on me juge coupable.

Même en cas de relaxe, si mon nom venait à être lavé de tout soupçon, je doute que je puisse un jour reprendre l'exercice de ma profession.

Mon cher ami Holmes m'a fait une fois la remarque qu'une de nos énigmes posait un « problème ne nécessitant pas plus de trois bouffardes ». Aussi je vous prie de m'excuser si je vous transmets aujourd'hui un cas qui, sans aucun doute, vous demandera de fumer au moins une douzaine de pipes, sans parler des sacs entiers de tabac, expédiés depuis vos plantations de Virginie ! Si jamais vous parvenez à me sortir de ce bourbier, n'hésitez pas à me faire parvenir la note, à mon adresse personnelle.

Toute plaisanterie à part, mon sort est entre vos mains.

Je prie en espérant que vous parviendrez à résoudre cette situation délicate ou que vous réussirez à mettre la main sur Sherlock Holmes, notre ami commun.

Je suis mort d'angoisse et je mets tout mon espoir en vous.

Très cordialement,

Docteur John H. Watson

NOTE DE L'ÉDITEUR

PEU AVANT QUE CET OUVRAGE ne parte à l'impression, j'ai eu la chance, avec l'aide des meilleurs libraires et spécialistes d'ouvrages anciens de Philadelphie, de découvrir la résolution de l'énigme exposée dans la lettre du docteur Watson.

Il était trop tard pour que je modifie mon introduction, mais nous étions encore en mesure d'adjoindre un cahier supplémentaire à ce volume afin d'y ajouter cette solution, en forme d'une seconde lettre rédigée en réponse par le colonel Resmo. On la trouvera dans les pages qui suivent.

Pour ménager le suspense et afin de vous laisser la possibilité de résoudre l'énigme vous-même, nous avons cacheté ces pages. Un conseil : ne l'ouvrez que si vous avez de réelles difficultés à rivaliser avec l'un des plus célèbres détectives de la planète.

la

LETTRE DU COLONEL RESMO

LA LETTRE DU COLONEL RESMO

Mon cher toubib, mon vieil ami,

SACREBLEU DE SACREBLEU ! Que ne m'avez-vous écrit plus tôt au lieu de perdre votre temps à rassembler tous ces indices que vous me soumettez ! À dire vrai, vous auriez mieux fait de m'expédier un télégramme. J'aurais pris mon ceinturon et mon six-coups, et j'aurais appareillé sur le premier navire en direction de l'Angleterre pour venir vous tirer de ce pétrin. À une ou deux reprises, j'ai eu l'occasion d'organiser une évasion de prison. Et avec cette excellente solution à sept pour cent dont se bourrait votre copain Holmes dans sa crèche de Baker Street, je suis sûr que j'arriverais à éventrer une demi-douzaine de murs d'enceinte avant que personne ne s'en aperçoive.

Quoi qu'il en soit, puisque vous avez tenu à me fournir ces indices, je n'ai pas eu d'autre choix que d'y jeter un coup d'œil. Mon vieux, je crois avoir trouvé la réponse. Mais vous n'allez guère apprécier...

Pas étonnant que vous n'ayez pas vu ce qui vous pendait sous le nez !

Toubib, je ne sais pas comment casser le morceau. Je vais donc y aller de but en blanc.

C'est votre épouse, Mary. C'est elle, la coupable.

Bon, ne déchirez pas cette lettre en mille morceaux en piquant un coup de sang. Laissez-moi vous expliquer, mon vieux. Comme vous dites : l'important, c'est d'abord d'examiner tous les détails, avant de jeter un œil au tableau dans son ensemble.

Revenons d'abord sur cette scène finale. L'incendie, la mutilation et le meurtre. Il est évident que les choses ne se sont pas du tout passées de la manière décrite par Scotland Yard. Ils devraient avoir honte ! Étudions en premier les indices les uns après les autres.

La pochette d'allumettes. Vide, selon vous ?

Voilà un détail intéressant. À quoi peut servir une pochette ne contenant pas d'allumettes ? C'est parfait pour y écrire un mot. Voilà. Et, à la lueur de tout ce que vous m'avez raconté, le texte griffonné à l'intérieur ressemble fort aux instructions données à un futur incendiaire : *Scie / Papiers / En premier* : « Servez-vous de la scie, fouillez en premier pour trouver les papiers. Et enfin, foutez le feu à la baraque ! » Car il est évident que le malfrat ou, plus vraisemblablement, celui qui l'a embauché avait pris connaissance de la dernière note que Holmes vous avait laissée à Reichenbach. Mais il n'avait pas compris que le casier M se trouvait en fait à Scotland Yard !

Vous aviez fouillé tout l'appartement. Y compris la malle-cabine. Mais le faux Peter, lui, l'ignorait. Je pense donc que vous l'avez surpris au moment où il s'apprêtait à scier le cadenas pour y jeter un œil.

Le télégramme rédigé par la prétendue madame Steiler ?

Élémentaire, mon cher Watson ! Il provenait tout simplement de votre Mary. Elle n'évoquait pas la nécessité d'échapper au gang de Moriarty. Elle envoyait un message à l'incendiaire qu'elle venait de recruter. Mettre le feu à « Baker Street » était son « seul espoir » pour sauver son mariage (le gars était plutôt vif d'esprit pour vous le donner à lire. Un gros malin, pour sûr !).

Ce qui a tout éclairci ensuite, c'est ce dessin médical de la jambe articulée, que votre pote Selway a réussi à vous faire parvenir à Colbath Fields.

D'ailleurs le gamin avait pigé dès le début quand il vous imitait le son du *clac ! clac ! clac !* Vous-même, vous aviez remarqué l'angle bizarre que faisait la jambe du vieux Steiler assis sur la malle. C'est parce qu'il avait une jambe en bois, bien sûr. Un truc très utile pour un incendiaire, car il suffit d'y creuser une cache pour y dissimuler toutes sortes d'allume-feu.

Et vous ne lui avez donc pas scié la patte. Puisque, dès le départ, le faux Peter était unijambiste.

Comment l'incendie a-t-il ensuite éclaté ? Et comment vous êtes-vous retrouvé dehors, non loin de son cadavre ? Une seule explication : il est clair que dans le petit village de Mal-en-Pis (deux seuls habitants : vous et le gars calciné), la situation n'a cessé de se dégrader à la vitesse grand V !

Voici ce que je suppose : le faux Peter s'est introduit dans votre crèche avec les plus mauvaises intentions du monde. Mais Selway, votre petit voyou, l'a surpris sur le fait et s'est précipité pour vous prévenir. Quand vous vous êtes pointé, Peter, le vieux patte-en-bois, n'avait pas

encore terminé sa tâche. Pourquoi ? Eh bien, c'est évident. Parce qu'il avait beaucoup plus à faire qu'à simplement mettre le feu. Il devait d'abord fouiller partout.

C'est là qu'intervient la scie à métaux. Vous racontez qu'à votre réveil, vous la serriez dans votre main. Je pense que votre cambrioleur était en train de s'en servir pour ouvrir la malle de Holmes, espérant sans doute y trouver les témoignages que vous avez mentionnés (sauf qu'ils n'y étaient pas). Pourquoi l'auriez-vous trouvé en arrivant, assis sur ce coffre, si ce n'est pour dissimuler le cadenas à moitié scié ?

Vous faites alors mine de vous saisir de l'alpenstock, votre arme d'opérette, et il comprend que vous vous apprêtez à l'expédier *ad patres*. Aussitôt il se lève et vous met promptement KO. D'ailleurs, l'idée qu'une telle fripouille vienne à bout d'un valeureux vétéran comme vous me chagrine fort. Mais oublions cela, voulez-vous ?

À présent, il ne lui reste plus qu'à dissimuler son forfait. Il décide donc de vous glisser la scie dans la main et met le feu à la turne. Vous abandonnant ainsi sur place. Il s'imaginait sans doute que, le lendemain, Lestrade trouverait au milieu des décombres les os calcinés de votre main serrant cette scie, non loin du cadenas à demi éventré,

« UN CAMBRIOLAGE INTERROMPU. »

« UN INCENDIAIRE À L'ŒUVRE. »

ces deux objets étant incombustibles. L'inspecteur penserait alors que vous avez trébuché en renversant des bougies. Ni vu, ni connu. Affaire close. Vous me suivez ?

Seulement voilà, votre Peter l'arnaqueur a foiré quelque chose et il s'est retrouvé pris dans l'incendie...

Ensuite, je soupçonne que le gosse, Selway, est revenu sur les lieux. C'est lui qui a dû tirer votre corps inanimé hors de l'immeuble en flammes (je crois que vous lui devez une fière chandelle !).

Voici donc comment les choses se sont passées. Voyons maintenant les causes... qui sont beaucoup plus humiliantes pour vous.

Je pense que tout s'explique grâce aux indices rassemblés par votre Mary et aux courriers venus d'Amérique qui vous ont tant intrigué.

C'est votre espèce de monstre poilu qui m'a mis la puce à l'oreille.

À dire vrai, le mérite de cette découverte ne me revient pas entièrement. Vous devez remercier pour cela un certain Dick.

Dick est un de mes copains. Il m'aide de temps à autre à élucider des énigmes. C'est un fermier, mais le gars ne cesse de rêver aux lumières de la grande ville. Pour l'instant, Dick, Annie, son épouse, et leur petite famille multiplient les allers et retours entre leur campagne du Maryland et Philadelphie. Ils hésitent encore. Mais dès qu'il est en ville et que j'ai besoin d'un bon conseil, je fais appel à lui. C'est lui qui m'a fourni le chaînon manquant.

J'avais étalé tous vos indices sur mon bureau et je contemplais votre curieux croque-mitaine à fourrure lorsque Dick s'est brusquement écrié :

– Hé ! mais c'est un Morlock !

– Un mord quoi ?

– Un M-O-R-L-O-C-K. Attends une seconde !

Mon pote s'est alors mis à fouiller son manteau pour en sortir une revue qu'il avait roulée au fond d'une poche. Le magazine s'appelle *The New Review.* Il publie un feuilleton rédigé par un British, un certain Herb Wells. Une histoire intitulée *La Machine à explorer le temps* qui, à en croire Dick, est un truc absolument épatant. Cela raconte l'histoire d'un savant qui se sert d'une sorte de carriole pour voyager dans le futur, où il rencontre les Éloi, un peuple doux et pacifique, mais aussi ces immondes bouseux de Morlocks. Dick me montra la même image que celle que vous m'aviez envoyée :

– Voilà ! C'est ça, un Morlock !

Aussitôt, je m'emparai de son exemplaire de la *New Review* pour parcourir le texte.

Vous trouviez que la page déchirée que vous m'aviez transmise ressemblait à du charabia ? Pourtant, mon cher toubib, c'est un extrait de cette *Machine à explorer le temps* ! À l'occasion, je vous enverrai tout le texte. Vous verrez, c'est une super bonne histoire !

À mon avis, voici ce qui s'est passé. Mary, sachant que vous et Holmes raffoliez de ce genre d'énigmes, a décidé de vous mettre de faux indices entre les mains. Mais ils étaient destinés à vous égarer.

Et pourquoi aurait-elle agi ainsi, si elle n'avait pas eu quelque chose à cacher ?

En outre, n'est-ce pas un peu bizarre que les deux indices retrouvés dans ce bâtiment gravement endommagé par le feu ne portent pas la moindre trace de brûlure ou de fumée ? Je les ai reniflés avec soin. On sentait bien qu'aucune fumée ne les avait effleurés.

Il y a pire... Je suis peiné pour vous, mon cher, car dès le début je savais que votre épouse était en cause... Je l'avais compris en lisant ces drôles de messages envoyés selon vous par Holmes, votre copain décédé.

Je crains que vous ne vous soyez trop attaché aux noms de lieux, comme autant de petits cailloux que le célèbre détective aurait semés sur ses traces pour vous engager à le retrouver. Je ne crois pas que cela ait été le cas.

En fait, Holmes tentait de vous avertir.

Tout est là, mon vieux. Ce mini-catalogue de Chicago censé renforcer les liens du mariage. Ce billet de théâtre pour une pièce évoquant la folie d'une femme. Ce journal de l'Ouest avec sa sordide histoire d'épouse trompant son mari. Et cette carte postale représentant la chute du « Voile de la mariée ». Apprenez à lire entre les lignes ! Sans parler de l'indice final : cet horaire de chemin de fer dont la ligne s'interrompt dans le Maryland. *Mary Land.* La terre de Mary !

Voyez, mon vieux, ce n'était pas un problème de lieux. Je crois plutôt que Holmes cherchait à vous prévenir de vous méfier de votre femme.

Mon hypothèse est que Holmes, sur le chemin de sa némésis, a dû entendre colporter le nom de votre épouse. Elle s'était mise en quête d'un incendiaire, un homme susceptible d'effectuer un bon boulot. Sans doute s'imaginait-elle que, en faisant disparaître le 221 B, vous passeriez plus de temps auprès d'elle. Un homme de la bande de Moriarty a dû l'apprendre et chercher à en tirer parti.

Ces misérables brigands ont dû décider de doubler la mise. C'est vrai, pourquoi se limiter à la seule destruction de Baker Street alors qu'ils pouvaient éliminer en même temps le bras droit de Holmes ?

Ouais, ce n'est pas très agréable à entendre. Mais je pense que vous serez d'accord avec mon analyse.

Avant de m'installer pour vous écrire cette lettre, j'ai envoyé un télégramme à mes correspondants de Scotland Yard. Hé ouais, moi aussi, j'ai mes entrées là-bas. Ils ont accepté de réexaminer les preuves et, sauf erreur de ma part, vous serez un homme libre quand vous lirez ces lignes.

Par ailleurs, comme j'ai gagné pas mal d'argent en m'exerçant à Philadelphie au même jeu qui vous réussit si bien, Holmes et vous, j'ai pris les dispositions nécessaires pour qu'une équipe d'artisans aille restaurer le 221 B.

Vous aviez raison. J'ai adoré ce lieu. Je vous propose même d'acquérir un violon neuf pour Holmes, maintenant que j'ai de bonnes raisons de croire qu'il pratiquera à nouveau.

Car, à ce propos, je suis d'accord avec vous. Je pense qu'il est parfaitement vivant et en bonne santé. Notre homme a traversé bien d'autres épreuves, n'est-ce pas ? Qu'est-ce pour lui qu'une petite dégringolade sur le flanc d'une gentille montagne suisse ? Un homme aussi intelligent et doué que lui n'a pas pu manquer de survivre, même après un bouillon dans la cascade. Ne perdez pas espoir.

Une dernière chose que je regrette – et pourtant je ne suis pas du genre à m'apitoyer –, c'est que nous n'ayons jamais eu l'occasion de passer un peu de bon temps tous les trois ensemble. Rappelez-vous : chaque fois que nous nous sommes rencontrés, vous et moi, Holmes s'était comme par hasard absenté ! Pourtant, on se serait bien amusés tous les trois... Mais ainsi va la vie. Oublions ça. L'important est que votre cauchemar ait pris fin.

J'espère seulement, mon cher Watson, que cette aventure ne vous occasionnera pas trop de tracas,

Très cordialement

Col. H. Kelsh Resmo

COL. H. KELSH RESMO

PS. Certes, vous y voyez. Mais savez-vous vraiment observer les choses ?

POSTACE DE L'ÉDITEUR

CERTAINS DÉTAILS de ce manuscrit ne manqueront pas de troubler les plus fidèles amateurs de Sherlock Holmes.

Le premier concerne l'année durant laquelle ces événements sont censés se dérouler : 1895. Comme l'avocat Louis Bower me l'a expliqué lors de notre première rencontre, le docteur Watson est connu pour avoir commis des erreurs en relatant certains menus faits de ses aventures en compagnie du détective de Baker Street. Quelques-uns n'hésitent d'ailleurs pas à utiliser le terme de « mensonges ». Souvent, il n'agissait ainsi que dans le dessein de protéger les innocents. Et je crois bien que, dans le cas des *Crimes du docteur Watson*, il cherchait avant tout à épargner la mémoire de Mary Morstan, sa chère épouse.

On trouve une référence à ce récit dans *Aventures de la maison vide,* le dernier des exploits de Sherlock Holmes. Alors que Watson revoit pour la première fois son ami Holmes après des années d'absence, il mentionne de manière abrupte la « triste disparition » qui l'avait affecté. Comme il n'y revient jamais, les lecteurs en ont toujours déduit que sa seconde épouse, Mary Morstan-Watson, était décédée dans l'intervalle. En fait, la lettre du colonel Resmo suggère une autre issue pour madame Morstan-Watson : la prison. Après le « Grand Hiatus », Mary n'est plus jamais mentionnée. Maintenant on comprend pourquoi.

Les fans de Sherlock Holmes auront peut-être aussi noté que le style du docteur ne sonne pas exactement comme celui auquel on est accoutumé sous la signature de Conan Doyle, lorsqu'on lit le *Strand Magazine, McClure's* ou les autres publications. Je l'ai fait remarquer à Bower. Il m'a rétorqué que, d'après de nombreux experts, Doyle n'intervenait pas seulement en qualité d'agent littéraire. Il participait bel et bien à la rédaction, en imposant son style plus posé aux récits endiablés de Watson. Et il est clair que cette lettre, demeurée durant cent onze années enfouie dans le mur d'un manoir de Philadelphie, n'a pas pu bénéficier des diligentes corrections de Doyle. Si cette hypothèse est juste, nous sommes donc en présence de l'unique exemple d'une narration du docteur, avant toutes retouches.

Enfin, dernier détail de quelque intérêt : on connaît l'existence d'un minuscule fragment du manuscrit original de *L'Ultime Problème*. Il s'agit du mot adressé à Watson par Holmes, où celui-ci se réfère à sa dernière rencontre avec Moriarty. Or, cette lettre a été vendue aux enchères à Philadelphie, le 8 décembre 1915, et depuis nul n'en a plus jamais entendu parler.

Si le « colonel Harry Kelsh Resmo » était encore en vie à cette date et demeurait effectivement à Philadelphie, ne peut-on pas penser qu'il ait pu montrer un net intérêt à posséder ce fragment ?

D.S.
Octobre 2007

REMERCIEMENTS

Edward Pettit, pour sa connaissance remarquable du monde de Sherlock Holmes et celui de Springsteen,
Art Bougeau, grâce à qui l'énigme a pu démarrer,
Jason Rekulak, pour avoir accepté de miser sur un vieux manuscrit poussiéreux datant de cent onze ans,
ce vieux **Herb Wells**, pour ses récits magiques,
Allan Guthrie, pour l'idée de la « dame confuse »,
William S. Baring-Gould, Christopher Morley, Vincent Starrett, Jack Tracy et tous les autres spécialistes du monde de Sherlock Holmes,
Doogie Horner, pour sa remarquable direction artistique,
David Borgenicht, Chris Veneziale, Kevin Kosbab et tous les autres collaborateurs de Quirk Books,
Clint Hansen pour ses si frappantes illustrations,
et évidemment **Arthur Conan Doyle** pour ses fabuleuses aventures.
(Page 52 : H. G. Wells, *La Machine à explorer le temps*, 1895. Traduction Henry D. Davray © Mercure de France)

LES AUTEURS

Le **docteur John H. Watson** a servi en qualité de chirurgien militaire en 1878 durant la seconde campagne d'Afghanistan, au cours de laquelle il fut gravement blessé. Après sa démobilisation, le docteur Watson ouvrit un cabinet médical à Paddington, puis à Kensington. Il fut longtemps le bras droit et le chroniqueur de Sherlock Holmes, le plus grand détective privé du monde.

Duane Swierczynski est l'auteur de quatre romans policiers, dont *Severance Package* et *The Blonde*. On lui doit également quelques essais sur l'univers du crime ou du vice, comme *The Big Book o' Beer* et *The Perfect Drink for Every Occasion*. Il travaille actuellement à la rédaction d'une biographie du colonel H. Kelsh Resmo, le détective de Philadelphie, trop injustement tombé dans l'oubli.